阮筠庭 Rain
1997年开始发表漫画，作品散见于中国主要漫画刊物，是最受大众欢迎的漫画家和插画家，魂魄却始终游移在主流之外。第一部独立制片动画电影《白蛇》入围世界六大动画电影节中的三个，也是包括2007年法国Annecy电影节中国的惟一入选短片。目前在中国美术学院任教，有时想改革传统美术教育，有时想认真出走去月球。近期正在准备于新加坡国家音乐厅举行的《白蛇》多媒体音乐会，以及创作融合了漫画碎片和绘本的故事《月亮短歌》。
U0898749

1997年你发表处女作《月夜的眼睛》，让人印象深刻。是什么原因让你走向那时稿费并不多的漫画杂志发表自己的作品？

稿费好像不是我们那些狂热的初学者考虑的问题．只是看到心里的世界跃然纸上，就让我欣喜若狂．沉浸在表现的快乐中．发表的时候也很开心．

很多漫画家的道路都是崎岖和艰难的，所以有人会放弃，有人会坚持。这么多年，您创作了如此多的佳作，是什么支持您继续走向漫画创作这一条路的。

我想没有人的创作会是一帆风顺的．都会面临各方面的压力和内心的选择，对我来说，最让我割舍不下的是漫画，创作的乐趣与意义是无可代替的．我也因此放弃了刚要展开的设计生涯．现在的目标，是想努力回到最初涂鸦的单纯快乐中去．这可能是创作的终极困难也说不定……

在网上随处可见到您轻灵细腻的作品，如此众多的优秀作品，请问您的灵感是从何而来？

灵感，就像梦境一样，里面既有来自生活的暗示，也有血液里固有的粘稠的气质．

而所谓灵感，总是非常态的状态．所以在生活的本来面目里，常常提着笔，睁着眼睛，怕错过灵感女神的敲门声．

创作的时候有没有碰到一些很棘手的问题？如果碰到，您是怎么解决的？

常常有碰到．无论是物理上的困难如突然没米下锅，还是流行风潮又转向了，这样叫人咬牙而永恒不变的矛盾．最后都转化为内心的冲突．但矛盾更多的是来自内心的标准吧．

我是一个很容易自责的人．我想，即使地球决定改道撞上太阳，我还是会跟自己劝说，不要难过了，这不是由于你的缘故啊．

您的故事《Leave》、《蜂鸟》、《二十四节气的恋人》口碑甚佳，每一部作品都有相当的支持者，而在这些作品中您最喜欢哪一部作品？

好像喜欢《Leave》最多.喜欢它是因为它似乎代表了我创作的本源.狭窄的房间,不断的讨论爱,直到生的尽头.这样的作品其实画起来相当折磨人.越是追究越是疼痛.除非自愿放弃画的心而单炫耀技术.

但是,创作的本身不就是为了这个吗?对自身的反省.对于自己作为一个个体的存在的反省.所以如果我画的不快,请不要怪我呢……

作为国内人气很高的漫画家，会不会有一些压力？

有一些.但我会尽量排除这种压力对我的影响.起码尽量少的影响创作.

现在CG正在席卷整个中国动漫创作界，您对CG的看法如何？

作为中国比较早使用数字绘画的爱用者.我觉得一定程度上的回归是有必要的. CG只是技术的一种,不要轻视也不要把它过于潮流化了.

纸上绘画的质感,尤其每一笔都是不可挽回的存在,同时又是新的开始.好像对弈一样的斗智,对我来说代表了作画本质的乐趣之一.所以我必须有时回来.《二十四节气的恋人》也是在这种反思中画的.

很多人在知道您担任中国美术学院影视动画系教师都很惊讶，那么您成为老师之后，有遇到很好玩的事情吗？譬如，会不会出现一些调皮的学生拿着您的作品进行恶作剧？或者是每到学期期末的时候，学生的致电会突然猛增？

我自己也觉得有点惊讶.没有想到要成为老师的,也许是命运?不过教师生涯还是给我很多空间和感悟.

我是一个认真的老师.我的课也是不好混哦……

学生很少拿我的作品开玩笑,我也不公布私人电话号码.我觉得教师是一个学习尊重的职业.虽然常常与自己的标准不一样,艺术也好.思想也好,尊重别人的存在和自己一样.并不是一件容易的事.

我为学生们的成长而高兴.

在您的论坛上看到您制作的沙动画《Words》，以后您是否会进行更多此类的创作？（在这里可以向我们介绍一下更多您创作的动画？）

《Words》是在美国制作的一分钟短片电影.在那里做了很多第一次尝试,沙画也是.描述的是声音的传递与流动.我们真能听到彼此的话语吗?

《箱》(《CAGE》)是一个更长的人偶动画片,也是用胶片拍摄的,在暗房里用手来剪辑,很过瘾.

爱的捆绑,爱的小心翼翼.想过把故事画出来.大家请慢慢等吧:}

动画和漫画其实有着很大的区别，成为动画系老师后，会不会对您的创作风格有所影响。以后会不会继续现在的风格，还是会转向专门的动画制作？

应该说,我的动画受到漫画很大的影响.

但是媒介不同,表现上一定有差异,同时风格必须有新的突破.这也是有趣之处.这种差别在上面提到的动画中都可以看到.

动画和漫画对我来说是媒介,就像手绘和CG一样,比容器更重要的是里面装的东西.风格的变化一定是有的.不急.

对未来是否有进一步的打算？能够透露么？（包括一些很重要的八卦人事信息，如果能够透露给我们的话～）

目前在筹划新的画集,暂定名《画夜》.和上一本不同,是华丽丽的全手绘收录.顺利的话打算今年推出.

有时间的话,想做一些绘本的东西.

最后，请对支持你的读者朋友们说几句话。

谢谢你们,和我一起分享生活。

时光计

夏烈主编

曹昇等著

新世界出版社
NEW WORLD PRESS

时光缓缓一个翻手，
就把人心压在了掌下。

早在宇宙洪荒、沧海桑田开辟之前，
它便已布下了罗网，
专等肉体凡胎的人来『入瓮』。

所以，

任你是豪气冲天的盖世英雄，
倾国倾城的如花美眷，
运筹帷幄，机关算尽，
自以为掌控全局的时候，
时光总会悠悠地踱出来，
笑眯眯地站到你面前说：
『你中计了。』

于是，

铁马江山，冷月后宫，
男人的诡计，女人的心计，
原来只是时光一席春梦后，
印在颊上的那抹红，
轻轻一揉便了无痕迹。

种种故事、传说，
梦想和爱，过去和未来，
都只是时光计里的一个游戏。

CONTENTS 目录

p 4. 嗜血的皇冠——光武皇帝刘秀的 SHOW / 曹昇

刘秀的登基似乎和历史上其他的开国帝王都有所不同，皇位似乎早就是为他预订的。他必须当皇帝，他要是不当皇帝，连老天爷都得跟他急。

p 48. 神之右手（修订版）/ 沧月

神之右手幻化万物，魔之左手摧毁一切。那一对奇异的孪生兄妹拥有无上的力量，彼此消长，如日月更替。于是云荒大地上的传说仿佛只是一个眨眼，便从洪荒翻到了桑田。

p 90. 后宫・甄嬛传 6（精彩试读）/ 流潋紫

重回后宫的甄嬛又卷入无穷无尽的是非之中，新欢旧爱重聚一堂，只为博得玄凌的一笑。女人之间的斗争永远是最残酷的，女人之间的斗争永远没有输赢，只有你死我活。

p 117. 从“后宫文学”到一本女人经——对话流潋紫

据说女人看女人更准，所以六桥烟对流潋紫的意见是：明艳，压得住，很有点“正宫”的范儿。

p 128. 爱情跳槽 / 辛唐米娜

在爱情中跳槽不但靠眼力，还得靠运气和智力。

p 130. 开始坐而论道 / 孙昌建

杀手扔硬币偶尔论一下道，这在外观上叫酷，在精神世界里是要找到这个人的出发和归宿。

p 132. 陈绮贞和卡奇社・歌诗三首

她的声音像一把软的刀子
音乐从没教我们拒绝，卡奇社的世界没有边界。

p 138. 三大原创类型小说网站点击排行榜

起点　晋江　幻剑书盟

封二　CG 世界——阮筱庭

灵感，就像梦境一样，里面既有来自生活的暗示，也有血液里固有的粘稠的气质。

嗜血的皇冠
——光武皇帝刘秀的SHOW

文/曹 昇

【卷一】

我想写一个在宿命中努力的故事。

宿命，本无所谓有，也无所谓无。**努力，**是否也是同样如此？

前言

这是刘秀的故事，据说一切都是真的。

先从刘秀的起家写起。此一阶段，可以“努力”二字点题。

今人多言加油，古人大致无油可加，所以言努力。尤其在两汉之交，“努力”和“更始”、“新”等词一样，应为当时的时代流行语，譬如：

（刘秀等人）进至下博城西，遑惑不知所之。有白衣老父在道旁，指曰：“努力！信都郡为长安守，去此八十里。”——《后汉书·卷一》

光武谓（王）霸曰：“颍川从我者皆逝，而子独留。努力！疾风知劲草。”——《后汉书·卷二十》

更始大悦，谓（赵）憙曰：“卿名家驹，努力勉之。” ——《后汉书·卷二十六》

身处一个努力的时代，刘秀的努力，又与他人不同。当斯时也，天下大乱，秩序荡然，神州沦为丛林，丛林沦为炼狱。有人努力为自己活着，有人努力为别人活着；有人努力杀人，有人努力避免被杀；有人努力吃人，有人努力避免被吃。而刘秀的努力，却使他从一个没落王孙，摇身一变成为开国君主。

在关注刘秀努力的同时，有一事必须注意。刘秀与历史上其他的开国帝王有一绝大不同，那便是皇位似乎已经早就为他所预订。谶曰：“刘秀当为天子。”指名道姓，舍他其谁？换而言之，刘秀是the choosen one，他必须当皇帝，他要是不当皇帝，连老天爷都得跟他急。而由此也就引发了一个让人感兴趣的话题：如果某物命中注定是你的，那么努力是否还有必要？努力的意义又在哪里？或者说，是人成就了宿命，还是宿命成就了人？

古又有人伦鉴、月旦评之说，评鉴之后，每每多有应验。然而，是真的应验了，还是只不过被评鉴之人因此丧失了尝试其他可能性的勇气，从而使预言从或然变成必然？

扯远了，打住。简单地说，我想写一个在宿命中努力的故事。宿命，本无所谓有，也本无所谓无。努力，是否也是同样如此？

NO.1 葬礼

于是，时光席卷着我们，无可挽回地开始倒流。我们不得不放下所有，成为她赤条条的俘虏。反正无论时间是向前还是向后，你都无法把曾经拥有的随身带走。

逆流向上的岁月之舟，不停地倒退，进入过去，最终停泊于西汉平帝元始三年（公元三年）的南阳郡蔡阳县春陵乡。这是一个初秋的清晨，一切已然发生，我们来此见证。

远远传来的，是那首悲伤的挽歌《蒿里》，在清晨的薄雾之中反复吟唱：蒿里谁家地，聚敛魂魄无贤愚。鬼伯一何相催促，人命不得少踟蹰。

千余号人，百余乘车，组成浩浩荡荡的送葬队伍，正行走于乡间的道路。前来陪同死者走完这最后一程的，既有死者的家眷宗族、宾客亲朋，亦有或慕名或仗义而来的陌生人。甚至连作为最高地方长官的南阳郡守，也率着幕僚前来观礼。从这样的阵仗和规格便可以看出，死者定然非同寻常。

正在收割的老农，自田亩间直起身躯，眺望着送葬的队伍，等队伍渐渐走远，便按捺不住相互谈论起来。

“是刘家吧？”“可不，正是刘钦老爷，好端端地在汝南郡的南顿做着县令，忽然就病死在了任上，可惜着呢。” “丧事办得真阔气。” “敢情。他家不阔气，谁家阔气？”

“可是，偌多陪葬，再殷实的家底，怕也经不起这般挥霍呀。”

“如今这世道，谁家好意思不厚葬呀？别说是富贵人家，就是咱们穷苦人家，也都得咬牙硬撑，让自家的丧事尽量体面些，免得遭人耻笑。”

老农叹了口气，道，“是啊，老人一死，后生可就要遭大罪了。这年头，咱们是连死也不敢了，就怕倾家荡产、祸害子孙呀。”

歌声停歇下来，送葬的队伍也停了下来，墓穴到了。执绋的小男孩退到一旁，站在母亲樊氏身边。樊氏用手抚摸着男孩的头顶，轻声说道，“文叔，再去给阿父磕三个头吧，阿父没有了，你再也见不到你的阿父了。”

小男孩便是刘秀，字文叔，死者刘钦的幼子，时年九岁。他听了母亲的言语，本已止住的眼泪，再度涌出眼眶。等他磕完头之后，八条大汉将棺椁抬起，走向幽

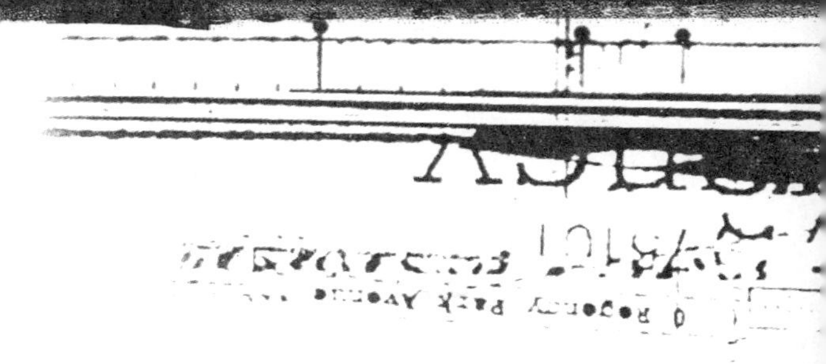

深的墓穴。到了墓坑，八条大汉各据一方，喊着号子，慢慢将棺椁向墓坑中沉去。

棺椁一旦入土，便意味着死者从此进入地下世界，与人间再无牵涉。因此，入棺之时，乃是葬礼上最悲之时，送葬人群早已是哭声一片。

然而，离奇的事情发生了：无论八条大汉如何摆弄，却总也无法将棺椁顺利地放入墓坑，仿佛棺椁有灵，在故意和八条大汉作对。久试无功，大汉们面面相觑，神情惶恐。须知他们都是职业抬棺者，参与葬礼不下百回，今天这样的怪事，却是头一回碰到。

送葬人群目睹此状，也渐渐止了哭声，皆是大惑不解，莫知所以。

死者的弟弟刘良走了过来，对樊氏说道，“阿嫂，莫非兄长尚有心愿未了，不忍就此永诀？”

樊氏也是惊疑不安，乃抚棺而泣，问道，“元伯，岂有望欤？”哭声愈剧，又道，“我知道，你还是要等伯升呀，你还是要等你最喜欢的长子，等他来见你最后一面，你舍不得他呀。如果我说中了，你就动一动吧。”

樊氏话音刚落，棺椁居然真的微微晃动了一下，在场千余人，尽皆骇然变色。

刘良叹道，“兄长既有所望，姑且停柩待之。伯升或许能及时赶到，也未可知。”

于是停下棺椁。众人沉默着，期待着。

过了漫长的半个时辰，忽然隐隐传来号哭之声，再过片刻，便遥遥望见素车白马，正疾驰而来。早有眼尖者看得真切，大呼道：“伯升从长安太学回来了。”

来者身高八尺七寸，体态魁伟，正是死者刘钦苦盼的长子，姓刘名縯，字伯升。他本在长安太学就读，为博士弟子，一闻父丧，星夜起程，千里狂奔，饶是如此，仍然是迟了半步。

刘縯远远便滚鞍下马，跌跌撞撞地奔到灵柩之前，抱棺恸哭，直至昏死过去，众人赶紧救起。

待刘縯醒转，樊氏抚棺道，“伯升已回，心愿已遂。行矣元伯！死生路异，永从此辞。”会葬者千余人，闻言无不挥涕感伤。

八条大汉抬起棺椁，再次向墓坑中沉入。果然，这次下棺十分顺利。棺椁既下，随葬器物如珠玉珍宝金银财帛印绶乐器车马生禽等等也都纷纷入藏，于是负土堆坟高至二丈五尺乃止。刘钦生前为南顿县令，秩千石，坟高如此，正合他的身份。

时已午后，送葬队伍徐徐回返。在隆重的葬礼将要结束的时候，人们往往有一种迟钝和恍惚的感觉，他们大都一言不发，即使偶尔交谈，也都压低了声音。

刘秀跟在长兄刘縯身后，默默地走着。他们兄弟俩一向聚少离多，当刘秀开始记事时，刘縯就已经远赴千里之外的长安求学，偶尔回家，也呆不了几天。因此，对这个大他十岁的长兄，刘秀既亲切又陌生，既敬畏又依恋。

刘縯看了看刘秀，锐利的眼神中有了温暖的颜色。刘秀受了鼓励，昂着头问道："你还去长安吗？"

刘縯摇摇头，道："不去了。"

刘秀想和刘縯多说会话，便没话找话，又问道："长安好玩吗？"

刘縯道："好玩。"

刘秀道："那你给我讲讲。"

刘縯面色忽然忧郁起来，他叹了口气，道："文叔，你虽还小，可已经不能再一心只想着玩了。"

刘縯的语气虽然不重，可是刘秀依然从中听出责备的意思，于是怏怏不乐地不肯再说话。刘縯笑了笑，反问刘秀道："你可知道当今天子姓什么？"

在刘秀看来，这问题实在简单得有些侮辱他的智商，便有些不屑地答道："天下是高祖的天下。当今天子，自然和咱们一样姓刘。"说完之后，意犹未尽，又颇为得意地炫耀道，"我还知道当今天子的名字。他本名刘箕子，去年又改名叫刘衎。他虽然比我大四岁，可要论起辈份来，还得管我叫一声皇叔呢。"

刘縯赞许地点了点头，口中却道："不，当今天子姓王。"刘秀恍如遭到当头棒喝，一时呆了。刘縯接着又道："刘衎名为天子，实为傀儡。朝政大权，操于大司马王莽一人之手。王莽虽无天子之名，却有天子之实。且看着吧，只在早晚，王莽必篡夺我刘姓天下。"

刘縯仿佛是压抑已久，不吐不快，不等刘秀答话，便又继续说道："阿父辞世，此乃家丧，悲之则已。江山沦落，是为国丧，你我皆高祖之后，焉能坐视！如今虽力有未逮，然而身为宗室，羽翼汉家，匡扶刘姓，责无旁贷。文叔，你虽年幼，却也需时刻将此铭记在心，不可再一意贪玩了，努力！"

刘秀听得似懂非懂，却不假思索地坚定答道，"不会的，天子不会姓王的。"冲

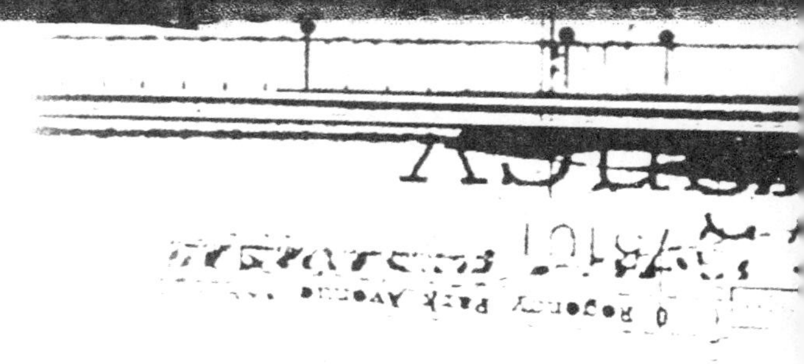

动之下，他几乎要脱口说出自己的秘密来。

刘縯却已经大步向前走去，前面有人正在向他招手。很快，一群刘氏子弟便将刘縯簇拥起来，多是二十岁左右的年轻人，正当激愤躁动的年纪。他们围着从长安归来的刘縯，强抑心中的兴奋，好奇地向他打听着外面的世界。在这些刘氏子弟当中，如刘玄、刘嘉、刘祉、刘终、刘赐、刘顺、刘稷等人，日后皆各有一番造化，史册留名不提。

刘秀有些失落地看着弃他而去的长兄刘縯，在众人的簇拥之下，如同一名首领。虽然还沉浸在葬礼的庄重和悲痛之中，但在他的眉目之间，却掩藏不住自信的活力，风发的意气。

刘秀怀揣着他那完好无损的秘密，无趣地向前走着。阿父临死前，屏退众人，独留他一人在身边，告诉了他这个秘密，并切切叮嘱，永远不可向任何人提及。这是阿父最后的遗言，也是阿父最后的期望。刘秀又往前走了一段路之后，在他小小的心中，已经做了决定：他将遵照阿父的叮嘱，永不将这个秘密与任何人分享，哪怕是他的母亲，哪怕是他的兄弟。

刘秀回头看去，阿父的新坟犹然在望。黄土之下的阿父，留给他长子的，是他最后的牵挂，而留给他幼子的，则是一个最后的秘密。

不知何时，天空中开始有雨丝扬起。母亲在唤他了，“文叔，上车来。”刘秀听话地上了马车，靠在母亲的怀里，而他那看向窗外的眼神，分明多了一种和他年龄不符的忧伤。

他知道，在这个细雨的黄昏，他的童年已经永远地结束了。

NO.2　我的朋友刘伯升

人生能有几个七年，所以恨不能可以慢放。而历史却有无数个七年，有时候就需要适当地按一下快进。当然，也不能像看 A 片那样，从头到尾都是快进，毕竟，高潮到处都是，也就无所谓高潮了。

言归正传，一晃七个春秋，便到了公元十年。两年前，王莽果真如刘縯所预言的那样，篡夺了汉朝江山，改国号为“新”，是为新朝。王莽这次的改朝换代，自始至终几乎未遇任何反抗，既没有流血，也未用暴力，在中国历史上可谓是绝无仅有。刘邦和他的子孙们经营了两百余年的西汉天下，就这样被王莽如同变魔术一般，轻松地纳入自己口袋。关于王莽的这招妙手空空，我们将在后文再予细表。

眼下且单表刘秀，自父亲刘钦的葬礼之后，他便跟随官居萧令的叔父刘良，到了沛国萧县，由叔父抚养，并入萧县小学就读。刘良怜惜刘秀年幼丧父，对刘秀加倍疼爱，逾于亲生。

刘良生性温顺敦厚，却又好为人师。每次逮到刘秀，便教训道：“居，吾语汝。可知处世之道？”

刘秀摇头，“不知”。

刘良伸出三根指头，道：“处世之道，不过三字而已。”

刘秀问：“哪三字？”

刘良徐徐道：“别惹事。”

刘秀道：“三字未免太少。”

刘良道：“那我再送你三字。”

刘秀道：“哪三字？”

刘良再伸出三根指头，又徐徐说道：“事别惹。”

总之，刘良便是这样一个人，凡事能躲则躲，疏于抗争。

公元十年，刘秀已是一位十六岁的少年。这年的十一月，他那平静而幸福的生活，被朝廷的一道诏书彻底打破。诏书曰：“诸刘为吏者皆罢，待除于家。”

这道诏书意味着：甭管刘良在萧县的政绩如何，他都必须下岗，回老家待命，谁让他姓刘呢。对此，刘良其实早有心理准备。王莽上台，自然要扶持王氏子弟，摧抑前朝宗室。刘氏家族之人被罢免官职，贬斥为民，只是迟早的事。

刘良交割印绶、收拾行装，带着一家老小，踏上了归乡之路。从萧县往西，经颍川，抵南阳，路途将近千里。倘若搁在往年，有沿途官府的食宿接待和安全保证，这必将是一段轻松愉悦的旅途。然而这回不同往常，刘良不再是宗室，而且连官职也丢了，

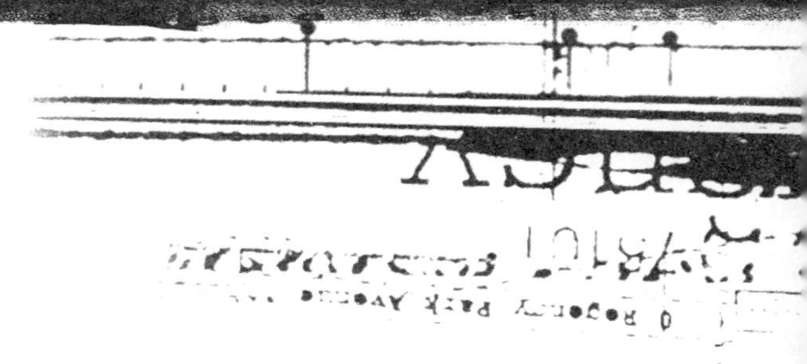

这样的福利，自然再也同他无缘。他和他的一家，已经沦为平民，路途迢迢，只能自求多福。

也是刘良一家合该有事，待他们行入颍川郡舞阳县境，时已薄暮，放眼望去，不见人家，加上正值隆冬时节，白雪遍地，道路难行。正愁苦间，斜前方杀来一队人马，有数十人之众，气势汹汹，一看便知来者不善。

人马近前，将车队团团围住，齐声大呼："统统下车。"

刘良一家只得下车，立于雪地之中。贼首打量了一番他的猎物，确认并不扎手，于是和颜悦色道："请问，你们是要保命呢，还是要去命呢？"

刘良赔笑道，"但求全命。"

贼首点点头，道："如此甚好，便全了尔等性命。"手一挥，下令，"车马悉数运走。"

众贼得令，喜滋滋地动手不提，十来辆车，够肥的。正欢喜间，忽然就听到一声少年的大喝："且慢。"

刘良面色大变，一把捂住刘秀的嘴巴，心里懊恼不已，眼看性命保全，损失些财物也就罢了，偏这刘秀不知轻重，节外生枝，硬要喊一嗓子，万一激怒众贼，性命怕也难保。

然而已经晚了，刘秀的话语已经出口，众贼的耳朵已经听到。贼首脸上有些挂不住了，冷笑道："少年人，你有何话说？"

刘秀挣开刘良的手，眼盯贼首不放，大声道："大丈夫是否应当言而有信？"

贼首遭此没来由地一问，颇觉诧异，道："这是自然。"

刘秀道："那么敢问，既然你已答应全了我们性命，却为何又出尔反尔？"

贼首道："此话怎讲？"

刘秀道："你们将车马悉数抢走，留我们在这荒郊雪地，无水无食，无火取暖，无衣御寒，不出半日，非冻死便饿死。君虽不杀我们，却胜似杀了我们。"

贼人斥道："小子大胆！"便要来殴打刘秀。贼首止住，沉吟片刻，道："少年所言有理，我等只求财物，岂可妄害人命，多造冤孽！且留下两车，令其可以前行。"

贼人无奈何，只得依了贼首，又对刘秀嚷道："还不多谢头领！"

刘秀站得笔直，双唇紧闭，一言不发。刘良急忙拉扯刘秀的衣袖，示意他道个谢，这事也就这么过去了。刘秀只是不理。

贼首奇道："少年人，为何不愿道谢？"

刘秀道："本为我物，复还与我，为何要谢？"

贼首哈哈大笑，拍掌叫道："好胆气。从何处来，到何处去？"

刘秀道："从沛国来，回南阳去。"

贼首点点头，道："说到南阳，我可有一人认识。"

刘秀道："敢问何人？"

贼首道："你等既是南阳人，想必一定听说过我的朋友刘伯升。"

刘秀大惊，道："莫非是大汉宗室、高祖之后刘伯升？"

贼首肃然道："正是此人。我的朋友刘伯升，性情刚毅，慷慨激昂。自王莽篡汉，怀复社稷之虑，倾身破产，交结天下雄俊，豪杰以此争相投奔。大英雄固当如是哉。"说话间，一脸的景仰向往之情。

刘秀道："实不相瞒，刘伯升正是某之长兄。"又介绍刘良，"此乃某之叔父，因朝廷罢免诸刘，此番以萧令致仕返乡。"

贼首慌忙下马，向刘良拜倒，连连请罪。

刘良连忙扶起，道："这怎么敢当。还没请教英雄尊姓大名。"

贼首道："我等迫于生计，这才干了劫道的营生。岂可再报姓名，以辱父母。"

刘良道："听英雄方才所言，想来和伯升相交已久。"

贼首窘迫起来，尴尬笑道："真人面前，不敢假话。我和刘伯升实不相识。只为他广交豪杰，威名远扬，是以无论识与不识，都习惯称呼他为我的朋友刘伯升，以显亲热之意。"又指了指刘秀道："这位小兄弟遇事镇定，气度非凡，不愧为刘伯升之弟，日后必定也是英雄。"说完，又命手下将财物复归原位。

刘良象征性地客套了两句，道："无碍，无碍，尽管拿去。"贼首自然不肯，又道："前方也不太平，请许我等护送。"于是护送刘良一家，直至进入南阳境内，这才告别回返。一路之上，贼首终不愿透露自己姓名。

经此一番死里逃生，刘良不免暗呼幸运，虽然对刘秀方才的表现印象深刻，可还是忍不住又教训起刘秀，道："你这是初生牛犊不怕虎，一味逞勇，不知利害。今日只是侥幸，日后还是别惹事为宜。"

刘秀含糊应了一声，并不反驳。此时此刻，他的心情可谓是又喜又狂。喜的是，

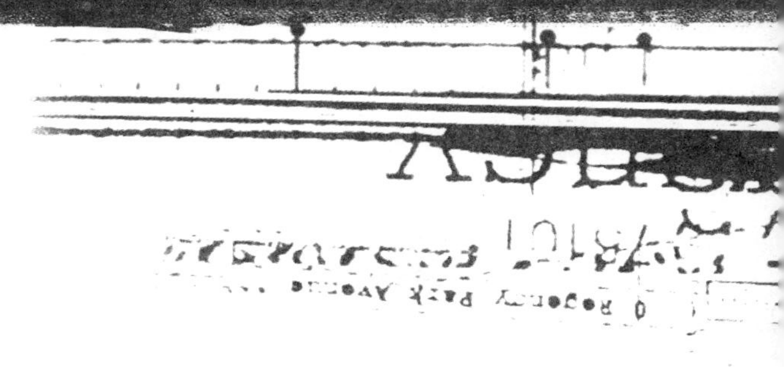

数年不见，长兄刘縯居然已经折服群雄，威震一方，让他备感骄傲。狂的是，他不断自问：难道我真的可以所向披靡，天下无敌？

刘良说他是初生牛犊不怕虎，这才有胆和贼首叫板，刘秀心里清楚，事实并非如此。当深陷贼人包围之时，他就是有一种莫名的信心，认为自己不可能如此轻易地死掉。他心里的那个秘密告诉他，别说是面对数十名贼人，即便是面对数万名贼人，他也照样可以逢凶化吉，安然无恙。

NO.3　陌生的故乡

刘秀再次踏上了故乡的土地，见到了久违的家人。说起来，南阳郡蔡阳县春陵乡虽然是刘秀的故乡，但刘秀对这里的了解却并不多。他出生在济阳，后来因为父亲的职务调动，跟着再迁移到了南顿，父亲死后，又跟随叔父刘良到了萧县。在他十六年的生命里，真正在故乡度过的时间前后不到一年，对于故乡，他是情感上的亲切、事实上的陌生。

这次刘秀和叔父刘良回故乡，看情形是要长住了。既然要长住，自然有很多现实问题需要考虑。对刘秀这个暂时还没有能力自立的半大孩子来说，最现实的一个问题就是：他跟着谁过？是继续跟着叔父刘良还是回自己家？

选择权并不在刘秀的手中。按照刘良的意思，是愿意继续抚养刘秀的，刘秀对他来说，和亲生儿子已经没有区别。但刘秀的长兄刘縯坚决不同意，执意将刘秀接回。此时的刘縯，已经代替他死去的父亲，扛过了家庭的重担，担当起了长子的责任——赚钱养家、孝敬寡母、照顾弟妹。

从刘秀的个人情感来说，他自然也希望回到自己家中，和母亲及兄长姐妹朝夕相处、一起过活。而刘縯坚持要把刘秀留在自己身边，无疑也让刘秀倍感温暖。换个兄长，也许就顺水推舟，把他丢给叔父刘良，免得再给自己添一个负担。

刘秀回家没几天，便已经敏感地觉察到，自己家的经济状况并不乐观。

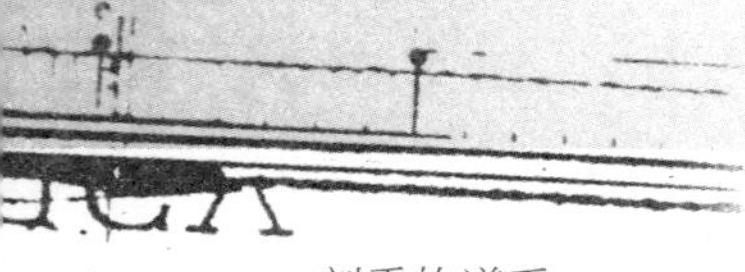

刘秀的谱系

汉高祖刘邦——汉文帝刘恒——汉景帝刘启——长沙定王刘发——春陵节侯刘买——郁林太守刘外——巨鹿都尉刘回——南顿令刘钦——刘秀

俗话说，皇帝也有几门穷亲戚。刘秀一家，应该可以算得上是这些穷亲戚中的一门了。如我们所知，到了刘秀这一代，和皇室的血脉已经非常疏远。从刘秀的太爷开始，便已经失去爵位，主要收入只能来自做官的俸禄。从太爷郁林太守刘外，到祖父巨鹿都尉刘回，再到父亲南顿令刘钦，官越来越小，俸禄自然也是越来越少。父亲刘钦之死，对刘秀一家的财政状况可谓是一次致命打击。首先是失去了每年固定的千石左右的俸禄收入，而更重要的是，刘钦的葬礼，几乎将他全家多年的积蓄尽数搭了进去。

西汉时期，流行厚葬，又有攀比之风。崔寔《政论》云:"天下跂慕，耻不相逮。"恶性攀比之下，最终导致"虚地上以实地下"，《盐铁论·散不足》云："故黎民相慕效，至于发屋卖业。"崔寔《政论》云："竭家尽业，甘心而不恨。"

刘钦的葬礼，使得刘秀一家元气大伤。到了刘秀这一代，无人仕宦，收入只能来自老家的田地。其田地规模史无明文，但想来也不会太多。

只要量入为出，日子总归是过得下去的。毕竟，比他们家境更差的多了去了。然而，偏偏当家人刘縯又是一个花钱如流水的主，日子自然是一天一天地窘迫下来。

是的，早在刘秀回故乡之前，刘伯升就以"我的朋友"名闻遐迩，威震南阳及周围郡县。但不厚道地说一声，他这点名声，就和宋江一样，大半还都是靠钱砸出来的。

和宋江不同，刘縯乃是胸怀大志之人。自从王莽篡汉，他便立誓要夺回高祖打下的天下，恢复大汉江山，于是广交豪杰，大养宾客，以待他日之用。

广交豪杰，大养宾客，离不开"信"，离不开"义"，更离不开钱，而且是大量的钱。《后汉书·卷七十》云:"（郑太）知天下将乱，阴交结豪杰。家富于财，有田四百顷，而食常不足，名闻山东……"以郑太之富，尚且食常不足，何况是刘縯这样的中衰之家。纵然刘縯苦苦支撑，但长日久之，只出不进，怕也只有倾身破产一途。

刘秀少年时期的家庭成员

母亲樊娴都——长兄刘縯——二哥刘仲——大姐刘黄——二姐刘元——妹妹刘伯姬

然而，就算是打肿脸充胖子，刘縯也必须硬撑下去。更何况，早有相士说过，他的面相酷似当年的高祖刘邦，刘縯也因此心中暗喜，隐以刘邦自许。是以，虽然金钱捉襟见肘，刘縯非但不加收敛，反而是场面越铺越大。

那么，刘縯家养的这些宾客都是些什么人？吃白食的吗？吃完白食之后，是帮忙、帮闲，还是帮凶呢？

NO.4 但使主人能醉客（一）

豢养宾客之风，由来已久。上溯两百多年，前有战国四公子，后有秦国吕不韦、嫪毐。及至汉际，此风尤盛，惟人数及规模不逮前朝，其最多者，只在千人左右[1]。同时，豢养宾客在汉代已不再是王公贵族的专利，一些低级官员，乃至平头百姓也都有可能招纳宾客。

养客者众，于是便有了争夺客源的竞争。而在这场竞争中，和那些势大财雄的王侯豪族比起来，刘縯无疑处于弱势地位，他要想以弱胜强，只能细分市场，不求天下宾客尽入我彀中，而是先以其中一类宾客为突破口。

刘縯选中的这一类宾客便是——亡人和逃犯。

亡人和逃犯，或为仇家追杀，或为国家通缉，一旦收留这些人做宾客，无异于惹火上身，弄不好，连主人自己都得跟着陷进去。所以，对于这群人，一般养客者总是敬而远之。

---

①《汉书·游侠传》："代相陈豨从车千乘，而吴濞、淮南皆招宾客以千数。"

人弃我取，刘縯便先从这群人招揽起。况且，刘縯他豢养宾客的目的是什么?就是为了造反。这群人既然连人都敢杀，难道还怕造反?

消息传开，亡命之徒纷纷来奔，刘縯“客无所择，皆善遇之”，不出几年，便聚集了数百之众。

看官问了，这天下不是还没大乱吗，哪来的这许多杀人之徒?

杀人者，或为复仇，春秋有复仇大义，延绵至汉，复仇之义不衰;或为任性使气，其时民风尚武，尚武则易于炫耀武力，一场口角，一次侮辱，一个眼神，都有可能导致命案的发生；或为抢夺财物，作奸犯科，不一而足。

杀人之徒众多，固然有杀人者的主观因素，但另一方面，却也是受到了国家的怂恿和鼓励。

一个国家，居然会怂恿和鼓励杀人的发生? 然而，似乎还真的是确有其事，问题就出在汉代的频繁大赦上。

据杜钦《汉代大赦制度试释》统计：西汉大赦八十七次，平均两年半一次大赦。王莽一朝大赦九次，平均二十个月一次大赦。频繁的大赦，完全破坏了国家正常的司法秩序，使得法律的威严几成儿戏。

换而言之，如果阁下你杀了人，在西汉只需要逃亡两年半，在新朝只需要逃亡二十个月，然后便可以一切重新开始。如果当场被抓了现行，那算你倒霉。如果没有当场被抓，那就好办了，逃呗。可别说你逃都懒得逃，你还是得逃，你得给官府这个面子，不然，你杀了人照样在原籍大摇大摆地晃悠，官府想不抓你都不好意思。你这一逃，自然需要有个落脚的地方，能至少每天管顿饱饭，睡个好觉。嗯，听说南阳的刘縯不错，道上的人都称他为“我的朋友”，他那府上，号称是风能进，雨能进，官府不能进。伙食差点，床铺硬点，没问题，瞧咱这身体素质。哦，这位仁兄，你刚刚也杀了人，那好，同去，同去。于是同去。

话说回来，做宾客其实是一个相当轻松愉快的职业。他们并没有特定的义务，一般也不从事家务或者生产。而且，他们还保有随时离开的自由。在刘縯这里，碰见大赦，有些宾客便会选择离开，惟一的贡献便是帮助刘家消灭了不少粮食。对这些人，刘縯笑脸迎进，照样也是笑脸送出。而大多数宾客，却仍然会选择继续留下。

宾客被豢养久了，内心难免不安。所谓受人钱财，理当替人消灾。但主人家偏偏也没什么灾，而他们也不能暗中祈祷主人家遭个灾什么的，好让自己因此能一展身手。于是都憋着劲，就等着刘缤一声令下。

要的就是这效果。

NO.4　但使主人能醉客（二）

刘缤提供给门客的待遇，自然不可能像战国四公子那般奢侈——平原君之门客，“刀剑室以珠玉饰之”；春申君“客三千余人，其上客皆蹑珠履”——然而数百门客的衣食住行，即使仅仅维持在一个温饱水准，其花费也是可想而知。

形势比人强，不管刘缤有多么虚荣，多在乎自己好客的名声，在现实面前都不得不低下他高傲的头颅，开始组织门客生产自救。

不过麻烦的是，门客们携带而来的，不仅有他们身上的命案，而且还有他们敏感的自尊。如果让门客像农夫那样在田间耕作，锄禾日当午，汗滴禾下土，无疑将会招致门客们的强烈愤怒，认为是对他们极大的侮辱。考虑到他们回应侮辱的方式，很明显此路不通。

从投入产出比来看，种田也并非一个很好的选择。夫用贫求富，农不如工，工不如商。什么，经商来钱还是太慢？那你还不如去抢了。

没错，刘缤及其门客正打算去抢。他们多的就是暴力，有暴力，当然就要追求暴利。

他们首先瞄准的行当就是盗墓。西汉流行厚葬，每座稍有级别的坟墓，都好比是一家地下钱庄。从道德伦理上讲，盗墓未免有些下流，需要做通门客的思想工作。刘缤于是以郭解来举例，那可是汉武帝时最著名的游侠，无数江湖豪杰的偶像，也曾经靠盗墓来豢养宾客。门客们顿时没了声响，既然郭解都做过这事，可见这事并不丢人。

抢完死人，再来抢活人。所谓君子爱财，取之有道。凡有道路的地方，就有人流，人流未必无痛，但却一定有钱。刘縯等人瞄准的第二个行当便是劫道。至于劫完道之后，顺便劫个色什么的，这种事情，咱们并不敢说一定没有。劫完道之后，遇见胆敢反抗的，顺便捅上那么几刀，这种事情，咱们也不敢说一定没有。

幼蒙师训，曰：远不赌，近不嫖。盗墓和劫道这两件事，当介于赌嫖之间，不宜太近，也不能太远。

太近，遭殃的大都是同乡之人，于心不安，且容易暴露行迹，传出去名声不好，既然要在本地长混，便不得不顾忌本地舆论。

也不能太远，差旅费用倒是其次，主要是不安全。各地皆有强宗豪族，都有自己罩着的地盘。一旦捞过了界，激怒了他们，真要火拼起来，很有可能是强龙难压地头蛇，反白白折损了性命。

基于以上考虑，刘縯等人主要活动在以春陵乡为圆心，一百里之外、三百里之内的环形区域。

不管我们如何努力去挖掘刘縯及其门客的人性中的闪光点，但无法否认的是，以现在的价值判断，刘縯及其门客完全应该被称为有组织的黑社会犯罪团伙，将自己凌驾于法律和道德之上，以暴力巧取豪夺、鱼肉一方。

事实上，强宗豪族为乱地方，扮演着类似黑社会的角色，其权力有时甚至凌驾于官府之上，乃是西汉末年乃至新朝的一个重大的社会问题，远非刘縯一个个案而已。

可是，面对这些强宗豪族的嚣张气焰，官府又在哪里？为什么听之任之，不采取任何行动？如果能有幸采访到某位官府高层，而且在同意隐去其姓名的情况下，他将向你透露：其实，他们也是有苦衷的。

首先，要对付这些强宗豪族，势必动用军队，而地方政府并没有常备军队可以调用。自秦朝废除郡县驻军之后，西汉和新朝在地方上也不设驻军（边疆地区除外）。郡县虽然设有都尉一类的军事官职，但其职责往往也仅限于主持都试而已[①]。

倘若地方长官铁了心要铲除这些黑社会犯罪团伙，他也可以召集受训过的壮丁，临时组成一支军队。但是，类似这样的发兵，必须先请示朝廷，征得朝廷的同意，

①依汉代兵制，国民凡属壮丁，每年秋天都要集合操演一次，这是一个大检阅，名为都试，为期一月。期满回乡。

再由朝廷派使者持虎符前来合符，然后方可发兵[①]。

如果朝廷未赐虎符而地方长官擅自发兵，此为弄兵，罪同“乏军兴”[②]，足以处死，严重者，还将收妻子、子女为官奴婢或刑徒。

很显然，极少地方长官愿意麻烦朝廷，尤其是用兵这样的不祥之事。更不会擅自发兵，从而赔上自己的脑袋。是以，不到万不得已，绝不会选择武力镇压。况且，类似刘縯这样的强宗豪族，不仅在当地可以一手遮天，有些更是朝中有人，各种关系盘根错节，真要想连锅端掉，只恐怕拔出萝卜带出泥，万一惹怒了某位朝中显贵，最后倒霉的反而是自己。

更为讽刺的是，地方长官并不总是处于主动进攻的状态，在强宗豪族面前，他们并不拥有理当拥有的权威，相反，他们还要成天提心吊胆，担心反而遭了强宗豪族的暗算。要知道，强宗豪族豢养的门客当中，不乏冷血刺客、职业杀手。在他们眼中，只要能报主人之恩，管你二千石的太守，还是一千石的县令，那都只是一刀的事而已[③]。

---

①1973年出土的秦国杜虎符，其铭文曰：“凡兴兵被甲，用兵五十人以上，必会君符，乃敢行之。”汉依秦制，虎符之制想来相去不远。由此也可看出，即使是一郡太守，在其职权范围之内，最多也只能发动一支四十九人的军队。

②《汉书·王莽传下》：“未赐虎符而擅发兵，此弄兵也，厥罪乏兴。”颜师古注：“擅发之罪，与乏军兴同科也。”乏军兴指汉代违反军律的一种罪名。官府徵集物资叫“兴”，乏军兴，即耽误军事行动或军用物资的征集调拨。

③刺客刺杀官吏，在汉代并不鲜见。《汉书·尹赏传》：“长安闾里少年，群辈杀吏，受贿报仇，相与探丸为弹，得赤丸者斫武吏，黑丸者斫文吏，白者主治丧。”《汉书·游侠传》：“河平中，王尊为京兆尹，捕击豪侠，杀(万)章及箭张回、酒市赵君都、贾子光，皆长安名豪，报仇怨养刺客者也。”

NO.4 但使主人能醉客（三）

正是由于以上重重顾虑，各级地方官员一般都会息事宁人，默认强宗豪族的特殊地位，彼此相安无事，豪族的归豪族，官府的归官府。至于由强宗豪族引发的民愤和冤情，只要未曾惊动长安，那便葫芦僧判断葫芦案，是非曲直不管。毕竟——虽然他们很不情愿承认——在某些时候，他们还得仰仗这些豪族帮忙维护地方治安。

你得琢磨这些地方官员的心态。他们就好比是一间上市公司，根本不在乎真实的业绩究竟如何，只要交出来的报表好看就足够了。这些官员们的报表，在那时被称作“计书”，由自己填写，在每年岁末，一级级地往上奏报，县奏报给郡，郡奏报给朝廷，汇报一年来自己辖区里的租赋、刑狱、选举等情况。而朝廷对他们的政绩考核，也主要依据这份计书。是以，即使辖区内民不聊生，盗贼群起，到了计书上，照样是歌舞升平、五谷丰登，这边风景独好。县欺其郡，郡欺朝廷，成了当时的政坛一景。

只要动动笔杆子，写出一份打动上级的计书，便可以仕途升迁，飞黄腾达，试问，又有哪位官员会真的费尽心力去为民除害、造福一方？当时有民谚曰：“力战斗，不如巧为奏。”这则民谚，何尝不也是官员们的心声？

话说回来，对豪族而言，不管怎样，官毕竟是官，代表着朝廷的脸面，除非是真给逼得走投无路，否则他们也不会真的胆敢去刺杀一位朝廷命官。他们也不是傻瓜，物种容易灭绝，可官你杀得完吗？杀了一个，朝廷再派一个，再杀再派，他妈的累死你为止。况且，一旦刺杀朝廷命官，这事就闹大了，朝廷为了自己的尊严，也必须非下狠手整治不可。

既然地方长官已经容忍了强宗豪族，强宗豪族当然也很识趣地投桃报李，以各种方式向长官们表示敬意。于是，经常便有某位官员忽然发现自己的案上多了许多熟悉的金玉，床上多了几位陌生的美女。英雄不问出处，一律笑纳，从此，豪族的便是官府的，官府的便是豪族的。

这种豪族和官府间的交易，早在西汉初期便已开始，西汉末年越演越烈，等到了新朝，这种交易更是到了公开化的程度。

何其愈下邪？说起来，还得感谢新朝皇帝王莽的空前壮举——上自公侯，下至小吏，一律停发工资俸禄[1]。

王莽是一个天真的老头，他太高估了手下这批人的思想觉悟。他想不明白的是，这些官员，个个都是严格挑选出来的，要么是孝廉出身，孝子廉吏，人品不消多说；要么是太学生出身，饱读圣贤之书，牢记礼义廉耻；要么是权贵之后，根正苗红，什么都缺，就是不缺钱。可就是这些人，怎么会一旦权力在手，就无耻地堕落到贪污受贿、搜刮地方呢?

须不知，肚腹易饱，欲壑难填。纵使高薪养廉，尚且并不可靠，更何况薪水索性低到没有? 结果不难想象，史册已有明文："天下吏以不得俸禄，并为奸利，郡尹县宰家累千金。""各因官职为奸，受取赇赂以自供给。""皆便为奸于外，挠乱州郡，货赂为市，侵渔百姓。"

当无数人义无反顾地一头钻进钱眼之时，总还是有人在仰望星空，壮怀激烈。偌大的江山，终归残存着几位特立独行的酷吏能吏，将果断出击，整治豪族。而其中的一位，在不久之后便调任到了南阳，要拿刘縯试手。此乃后话，且按下不表。

总之，我们可以看到，在地方上，中央政府的权力已然式微，已然失去了民众的信任，取而代之的，是以暴力和财力为后盾的强宗豪族。数年之后，群雄纷起，豪族争霸，而王莽那貌似强大无比的中央政府，在这种攻击之下，显得是那么地不堪一击。

《易》云："履霜，坚冰至。"诚不虚也。

①此举空前，但非绝后。南北朝北魏早期也曾重拾此举，然后，便真的是绝后了。

NO.5　家族生意

南阳郡蔡阳县春陵乡，刘秀家族迁居至此已有五十五年。经过五十五年的发展壮大，春陵乡已俨然是一座壮观的城市，刘氏聚族而居，墙挨墙，门对门，显得吵闹而拥挤。

在这样的环境下，休想藏住任何秘密。刘縯豢养门客、盗墓劫道等勾当，家族中人一一看在眼里。

鉴于亲情的血浓于水以及严酷的连坐之法，一个家族通常会一荣俱荣、一损俱损。家族中任何一个人的行为，都可能影响到整个家族的利益。因此，家族寄望于每一位家族成员的是：他们的行为，无论被迫还是自愿，都应该以家族的意志为转移，为家族的利益而奉献终生。于是乎，包办婚姻还在其次，吃喝拉撒睡，生老病死退，桌椅板凳柜，磕头作揖跪，无一不在家族的包办之列。

然而，关于家族的利益，界定却往往并不清晰，甚至会出现不可调和的分歧。对于刘縯的所作所为，家族中的年轻人普遍持欢迎态度，很快便都加入了刘縯的队伍。他们不甘心就此沦为平民，他们渴望和先辈一样，凌驾于众生之上，特权在握，不劳而获。而刘縯的出现，带给他们的，正是这样一种希望。

至于家族中的老年人，则通常态度暧昧。他们考虑的问题，无疑比年轻人更为深远。他们也知道，刘縯干的那些事，既违法又缺德，但他们并不从法律和道德的层面加以评价，他们的标尺只有一个，那就是自己家族的利益。

鲁迅先生写道："有谁从小康人家而坠入困顿的么，我以为在这途路中，大概可以看见世人的真面目。"曾经高高在上的刘秀家族，随着王莽的篡位，就此变成了布衣百姓，在这期间，也很是体会到了官场的变脸、世态之炎凉。婊子无情，戏子无义，做官的无情无义。当刘姓还是国姓的时候，阿谀奉承的是这批人。现在刘姓成了平民，幸灾乐祸乃至落井下石的，同样还是这批人。

为了安抚刘氏家族，王莽曾经颁下诏书："诸刘更属籍京兆大尹，勿解其复，各终厥身，州牧数存问，勿令有侵冤。" 诏书虽是美意，却落不到实处。地方官员发挥痛打落水狗的精神，对刘氏往往百般欺压蹂躏，还不许你反抗。你胆敢反抗，就告你个图谋不轨，轻则罚没财产，重则身陷牢狱。

好在有刘縯这么一个狠头，南阳官府尚不敢过分放肆。比起其他地方的刘氏家族来，刘秀家族吃的亏少多了。而这也正是家族中老年人赞赏刘縯的地方，但另一方面，他们又不得不因为刘縯而心神不宁。

倘若只是为了保护家族利益，刘縯根本不需要养这么多门客。刘縯养这么多门客，分明是另有图谋。家族长老不得不告诫刘縯，为了家族的长远利益，务必保持低调。但刘縯哪里是一个能听劝的主，他最烦别人拿高帽子压他。他只冷冷地回了一句，“刘氏江山，为乱臣贼子所篡。身为高祖子孙，不思兴复，苟且偷生，何面目见高祖于地下？”这是一顶更高更大的帽子，简直可以直接作为房子，不光能挡风遮雨，而且还可以在里面为所欲为。家族长老羞愧理屈，只能闭嘴。

刘良可不管这些，他还是抱定他那套别惹事的哲学，找到刘縯，劈头就问："刘伯升，你为什么还不忏悔？"

刘縯不敢顶撞亲叔父，只能嘿嘿傻笑两声，结结巴巴地说道，“咦——至于——呜呼——我日——”，说完转身就跑。

刘良又气又恼，脱下鞋来，冲刘縯的背影狠狠地扔了过去，没打着，刘縯早已消失不见。刘良并不急着捡回鞋来，他就那么金鸡独立着。好不容易等到一位小朋友经过，便大吼道："孺子，取履来！" 小朋友欲殴之，又自忖不是对手，强忍，取鞋来归。刘良再道："履我！" 小朋友只得跪下，为刘良将鞋穿上。

刘良这才得胜似地背起双手，往家走去，一边喃喃自语："破我家者，必伯升也！"

饶是如此，刘良还是默默地帮刘縯跑关系，替刘縯擦屁股，生怕这个大侄子惹出什么好歹来。好在他朝中有人，新朝的纳言严尤当年和他同在长安任郎官，私交甚笃，可以而且也愿意帮他说话。

纳言，秦时称治粟内史，汉武帝时称大司农，主掌天下财政，列在九卿，位高权重。也正是因为有了这么一层特殊的关系，使得南阳官府投鼠忌器，只能坐视刘縯一伙继续胡作非为。

NO.6 少年人哪

少年人哪，你在幼年时当快乐。在幼年的日子，使你的心欢畅，行你心所愿行的，看你眼所爱看的。

然而，少年刘秀自打回到南阳，却一直过得郁闷和纠结。老家春陵虽然是重堂高阁，闭门成市，可就其本质而言，依然处处体现着乡土社会的原始情调，日出而作，日落而息，生活单调而沉闷，每一天都是在对前一天进行简单的重复，缺乏起伏和变化。对精力过剩的少年刘秀来说，这里几乎便是一座囚牢，而且，看样子，他还根本没有办法摆脱这座囚牢。

刘秀如此年轻，其未来本该拥有无限的可能性，但他事实上的处境，用迅哥的话来说，却是“出路是很没有的”。在新朝，刘氏子弟不光被剥夺了政治特权，就连一般老百姓拥有的政治权利，他们也无法拥有，既不能出仕为官，也不能入太学读书。或许还可以做做生意吧，可是朝廷颁布的六筦之令，让生意也艰难得很。

六筦，六管也，包括：1. 盐的专卖，2. 酒的专卖，3. 铁的专卖，4. 铸钱专权，5. 对山泽产物征税，6. 五均赊贷。基本上，那个时代最赚钱的行当，都已经被国家给垄断了。

外面的世界很精彩。外面的世界，在想象中越发精彩。然而，刘秀似乎注定要在老家春陵麻木地过活下去，没有目标，没有机会，他所能做的，便只是一天天地

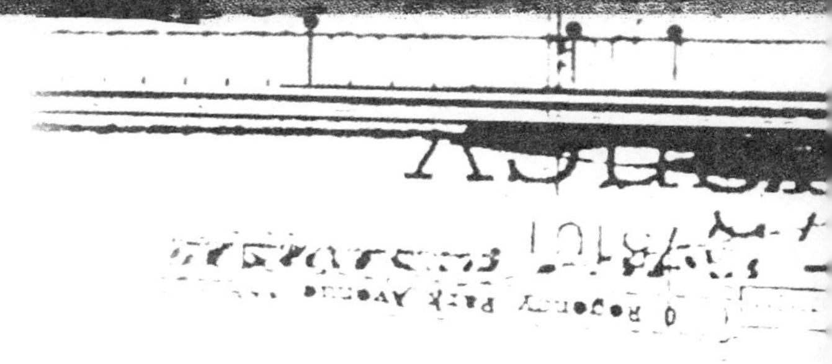

长大，一天天地变老。他的人生仿佛一本书，才刚刚翻开开头几页，就已经能预见最后的结局，果真如此的话，是否还有必要继续翻将下去?

刘秀没有放弃,他依然坚信他父亲临死前留给他的那个秘密。那个秘密告诉他，他将有一个完美的结局，那才是他人生真正的结局。他虽然猜不透过程，但既然结局已经有了，那么，何妨便将过程当作奖励给自己的惊喜。

在此之前，刘秀作为一个小男孩，他的主要使命便是不要提前夭折，然后慢慢地长身体和体毛。可现在不同了，他已经十六岁了，正值青春躁动期，他的力比多，需要足够的发泄和转移。

家庭的权力，都掌握在长兄刘縯的手里。而刘縯也确实尽到了一家之主的责任，他把刘秀照顾得很好，甚至是照顾得太过于好，以至于让刘秀觉得，如果他对自己的生活再有任何一点抱怨和不满的话，简直便是无良。但刘秀又实在是闲得慌，他必须寻些事情出来做做。

刘秀想到了自己的外祖父樊重，世擅农稼，因以致富，资至巨万。既然他不能入太学，不能为官吏，也不能做生意，那还不如先学学农稼，日后说不定也能像外祖父樊重那样，发家致富，这样一来，长兄刘縯也就不必再为缺钱而发愁了。

于是刘秀前去和刘縯商量，征求他的同意。刘縯听罢，大吃一惊，道：“何解? ”

刘秀深知刘縯对自己的一片爱护之情，也知道刘縯为了这个家已经竭尽所能，是以并不愿透露自己的真实想法，怕伤了刘縯的感情，因此只是信口答道：“反正闲着也是闲着。”

刘縯坚决地摇了摇头，道:“刘伯升的弟弟，怎么可以作农夫? 叫别人怎么看我? 不，说什么也不成。”

刘秀道：“农稼，正道也，外祖父不也亲力操持吗? ”

刘秀随口一句话，楞被刘縯听出了嘲讽的意味。刘縯大怒道：“如此说来，我之所为，便是邪道了? ”

刘秀没料到刘縯反应会如此激烈，只得连连表示自己并无此意。刘縯却并不听他解释，而是自顾自地说个没完，什么成大事者不拘小节。知我者谓我心忧，不知我者谓我暴露。什么悠悠苍天，此何人哉! 纵然抽刀断水流，长安不见使人愁。什么死人本无知，活人多无用，但为社稷故，两者皆可抛。什么我岂为恶哉，我不得已也。以小恶而终能去大恶者，虽千万人，吾往也。

刘秀只能听着，等刘縯演讲完毕，这才小声说道："那我不学农稼便是。"

刘縯也意识到自己刚才的失态，立刻便冷静了下来，笑道："你不须急，我会替你都安排好的。你倘若实在闲得无聊，我此刻还真有一事，要郑重拜托给你。"

刘秀大喜，忙问啥事体。刘縯拍拍刘秀的脑袋，正色说道："给我赶紧长个。"

刘秀此时身高七尺，在同龄人中虽不能算矮，但和身高八尺七寸的长兄刘縯比起来，却实在是有点不高。刘縯这句戏言一出，兄弟俩人相视大笑。

此后，刘秀再不提起学农稼之事。他偶尔也会去田间地头，看老农们播种收割，但从不下地。更多的时间，他则是和刘縯的门客们混在一起，学习书本上学不来的东西。某种程度上，这是一所最好的大学，门客们往往都身怀绝技。门客们对刘秀也不敢怠慢，三少爷嘛，因此每每有问必答，有所学，也无不倾囊相授。

NO.7 姥爷

"拉大锯，扯大锯，姥爷门口唱大戏。接姑娘，唤女婿，小外孙也要去……"童谣这样唱着。

对很多小孩来说，每次去姥爷家，都是一次开心的经历。刘秀当然也有姥爷。他的姥爷姓樊名重，字君云，家住南阳郡湖阳县，在当地乃是一位赫赫有名的传奇人物。

樊重极有经济头脑，他白手起家，一边种田，一边做买卖。生性节俭，物无所弃，又善于管理，课役童隶，各得其宜。多年下来，开荒加兼并，拥有田地已多达三百余顷，合今三万多亩。财富也是越积越多，家资亿万，一跃成为湖阳首富，即使在南阳郡，也是数一数二的富豪人家。老头子如今已过古稀之年，精神依然矍铄得很，事必躬亲，肩挑背扛起来，连很多小伙子都不是对手。

但是，刘秀从小就不待见这个严厉的外祖父，他觉得老头子不仅不可爱，反而很变态，在家中立下众多森严的规矩，子孙后辈早晚都要恭敬地向他请安致意，像在官府办公一样。如此压抑的环境，也难怪不讨小刘秀的喜欢。

老头子在家中有着绝对的权威，所有大权都揽在他一人之手。秦汉时代的家庭，一旦儿子结婚，往往会从家中分得一份财产，然后离开父母自立门户。这也就决定了，秦汉时代的家庭，一般只由两代人组成。譬如刘秀和他的亲叔父刘良，事实上就是两家人，并不住在一起，而是各过各的生活①。

但樊重一家，却是很罕见的三世共财，即从樊重到他的儿子，再到他的孙子，都未曾分家，而是始终在一起共同生活。在秦汉史册上，这是有关三代人同居共财记载的仅有的两例之一②。

可以想象，在父子分家乃是当时社会常态的情况下，要保持三世共财，老头子一定要足够强硬，同时摆得平家里人，尤其是那些希望单过的儿媳妇和孙媳妇们。老头子不肯分家，除了情感上的考虑，更有经济上的考虑。韩非子曰：长袖善舞，多财善贾。老头子当然明白这个道理。财富的集中，有利于更快更高效更游刃有余地攫取更多的财富，而一旦任由儿子和孙子将家产分去，财富化整为零，规模效应将就此失去。

当刘秀的父母结婚时，严格地说，是樊家高攀了刘家。樊家虽然有钱，终究只是平民，而刘家虽然钱不多，却是大汉宗室，而且代代仕宦，拥有平民不可企及的地位和权力。

时过境迁，刘家也变成了平民，而且家产也被刘縯糟践光了。一贵一贱，亲情乃见。也许，老头子风度好，并不后悔为女儿结了这门婚事，但架不住樊家其他人态度起了变化，开始对刘秀一家冷眼嫌弃，总怀疑他们要么不来，要来就必定是要图他们家点什么。因此，刘秀就更不乐意上姥爷家玩。

他从萧县返回南阳，出于礼节，这才特意陪母亲拜访过一次老头子。老头子和刘秀也不亲昵，开口第一句话就是："伯升这个败家子怎么没来？"

对于刘縯的所作所为，老头子是很不以为然的。在全国，老头子可能算不了什么，但在湖阳这个小地方，他可是一个呼风唤雨的大人物。而且，他能有今日的成就，

---

①秦汉时期的家庭规模如此之小，当时的法律制度是一大关键因素。秦国自商鞅主政，立法有："民有二男以上不分异者，倍其赋。""民父子兄弟同室内息者为禁。"这样的法律，在西汉和新朝得到了继承。更详细的分析，请参见瞿同祖先生的《汉代社会结构》。

②另一例见于《后汉书·卷六十》："（蔡邕）与叔父从弟同居，三世不分财，乡党高其义。"

全凭自己的智慧和努力，这让他更有理由感到自豪和骄傲。当然，和绝大多数白手起家并获得一定成功的人一样，他对自己的成就有着过高的评价，对自己的能力也有着超乎实际的夸大。而这也让他想当然地认为：由于他是如此的成功，别人都应该毫不迟疑地向他学习，走他曾经走过的道路。

因此，老头子对外孙刘縯的堕落格外地痛心疾首。他像孔老夫子一样，无比惆怅地感叹道："何莫由斯道也？"为什么不肯走我给你指出的阳光大道？

老头子的意见很明确。识时务者为俊杰，刘氏已经丢了天下，就应该认命，别梦想着再夺回江山，那是根本不可能的。而老头子所谓的阳光大道就是：像他那样吃苦，像他那样赚钱，像他那样发财。虽无官爵封邑，而富比封君，乐如公侯，人生如此，亦可无憾也。

刘秀的家境并不宽裕，这老头子当然知道。可老头子非但知而不救，而且还对着刘秀耍嘴皮子，讲大道理。换一个忤逆的外孙，一定在心里头暗骂了：我这边都快破产了，你却还在那边给我画饼充饥。你不是远近闻名的大善人吗？不仅赈赡宗族，恩加乡闾，而且还搞资本运作，光外面的放债就达到数百万之多。怎么到了外孙面前，就变得一毛不拔了？口惠而实不至，煞是可恨。

刘秀不会这么想。他很小就懂得了，姥爷家再有钱，那也是姥爷家的，是姓樊的，不是姓刘的。

在当时，女儿是没有继承权的。樊重的钱，刘秀的母亲是没有权利分的，因此，樊重的钱，确实跟刘秀一点关系也没有。

《尔雅》概括出人的四种亲缘关系，分别为宗族、母党、妻党、亲戚。一般来讲，宗族优先于母党，母党优先于妻党，妻党优先于亲戚。举例来说，樊重的儿子樊宏，也就是刘秀的舅舅，娶的妻子却是刘赐的妹妹，而刘赐又是刘秀的族兄。如果按照宗族的关系，刘秀要管樊宏的老婆叫族姐。如果按照母党的关系，则刘秀得管樊宏的老婆叫舅妈。由于宗族优先于母党，所以刘秀并不会管樊宏的老婆叫舅妈，而是只能称呼她为族姐。

正因为此，当某一个家庭陷入困境，首当其冲具有援助义务的，通常是其宗族，然后依次类推。而在实施援助上，也是同样如此。对樊重来说，他如果要进行救济的话，也是要先从自己的宗族开始，然后再到母党，依次类推。外孙在这个亲缘

序列中，排在末后。即使到了今天，可能还是会有很多同学有过这种感受：姥爷更疼的是他的孙子孙女，而不是你。面对现实吧，因为你跟他不是一个姓的。外祖父，外孙，顾名思义，彼此终究只是外亲而已。

再说了，樊重的外孙，并不止刘秀兄弟三个，还有何氏兄弟。何氏兄弟不团结，争夺财物，樊重耻之，以田二顷解其忿讼。一县称美此举，推举樊重为县三老，主掌教化。

由此也可以看出，从财物上救助外孙，并不是作为姥爷必须尽的责任。心情好，救助一下，那是值得称赞的美意。心情不好，不救助，也绝不会有人因此而加以责怪。

樊重不救助刘縯，原因是多方面的。一是从风俗习惯上，他本来就不必救助，刘縯也不归他救助，该救助刘縯的，是刘縯所属的刘姓宗族。二是他根本就不赞同刘縯的作为。三是他作为一个商人，深谙救急不救穷的道理。刘縯好手好脚的，却不事生产，游手好闲。一旦给了他钱，让他不劳而获，反而是在纵容他继续浪荡下去。

综合以上，我们便不难理解，为什么刘縯傍着这么一位富得流油的姥爷，却依然要铤而走险去盗墓劫道，以解决生计问题。

另一方面，刘縯也根本就懒得向老头子求助。他已经多年不登老头子的门了。他讨厌听老头子的唠叨，更讨厌老头子逼着他分享他那些所谓的人生智慧和成功经历。在壮志凌云的刘縯眼中，老头子就是一区区田舍翁，何足道哉！

NO.8　姐夫

每回刘縯出门，只要不是奔干坏事去的，一般都会让刘秀随行，带他结识人物，教他应对事件。刘秀也知道，这是刘縯在蓄意培养他，刘縯在未来的事业中，已经给他预留了一个重要位置。

刘秀陪同刘縯最常去的地方，是新野的二姐夫邓晨家。与其说刘縯是去串门，不如说他是去串连。因为，要实现他那宏伟的计划，邓晨将是他极其关键的一个盟友。

邓晨，字伟卿，乃是名门之后，三世仕宦，皆官至二千石，用今天的话来说，就是连续三代人都做到了部级高官。曾祖父邓隆，官居扬州刺史；祖父邓勋，官居交阯刺史；父亲邓宏，官居豫章都尉。虽然有如此显赫的家庭背景，邓晨却没有像先辈那样踏入仕途，而是闲居在家。继承邓家仕宦传统的重任，自有长兄邓让承担。邓晨则安心地做着新野王，在新野的地盘上，他也确乎有实力称王。

邓晨和刘縯一样，也开门养客，纠集有数百之众。刘縯来拜访邓晨，其实也是顺便来拜访邓晨所养的这些门客，他一边拜访，一边在心中暗暗盘算，一旦造反起来，这些门客都能派些什么用场，嗯，荀彧可使吊丧问病，荀攸可使看坟守墓；程昱可使关门闭户，郭嘉可使白词念赋；张辽可使击鼓鸣金，许褚可使牧牛放马；乐进可使取状读招，李典可使传书送檄；吕虔可使磨刀铸剑，满宠可使饮酒食糟；于禁可使负版筑墙，徐晃可使屠猪杀狗……刘縯就这么幻想着，仿佛部众已然汇聚，粮草已然齐备，正在他的号令之下，浩浩荡荡地杀奔长安。

邓晨何尝不知刘縯在打他门客的主意，但他是一个很开放的人，对此并不介意。他早看出刘縯绝非平庸之辈，他一定会干出轰轰烈烈的大事来，他注定为一场伟大的命运而诞生。邓晨没有刘縯这样的霸气和自信，但他毫不迟疑地选择站在刘縯一边。尽管不能伟大，至少也要与伟大同行。

邓晨的门客们也同样被刘縯征服。这个从舂陵来的汉子，大汉皇室的后裔，龙行虎步，形貌伟岸，一看就非同等闲，日后必将兴风作浪，扰乱乾坤。跟着邓晨，有肉吃。跟着刘縯，却能出将入相，马上封侯。于是纷纷归心，深相结纳。

然而，前路漫漫，天下太平，王莽在长安的皇座上坐得正稳，一时看不出任何崩溃的迹象。刘縯和邓晨无所用力，只是终日高谈阔论，饮酒作乐。

酒兴起时，刘縯拔剑斩案，慷慨作歌，自高楼俯瞰而下，顾谓邓晨，就像你拥有新野一样，有一天，我也要拥有这天下。我要让王莽知道，我们刘家失去的，我一定会亲手夺回来。

酒兴去后，刘縯和邓晨却又只能相对长叹。真要造反，谈何容易。时机远未成熟，他们只能和时间干耗。

刘縯所到之处，总能吸引所有人的注意。刘秀则躲在长兄的阴影之下，觉得安全，觉得安心。他像个孩子那样，得意地哄着自己：你们看不见我，你们看不见我。邓晨的那些门客，也的确对刘秀视而不见，他们只是将他看作刘縯的一个小跟班而已。

不过，有一人的眼光与众不同，那便是邓晨。邓晨格外重视刘秀，甚至不在重视刘縯之下。有时，邓晨会意味深长地久久注视着刘秀，仿佛要将他看穿。刘秀不为所动，摆好姿势，让他看，让他看。

邓晨没辙，于是逗刘秀说话，开口问道："文叔，长大后想做些什么？"

刘秀淡淡说道："无可无不可。"

邓晨大笑，道："答得好。"忽又正色道："文叔，你和伯升不同。"

这话刘秀时常听到。叔父刘良这么说过，几乎所有人都这么说过。是啊，他和刘縯虽说是亲兄弟，可两个人无论是性格还是身高，都大相径庭，难有相似。然而，同样的话，出自邓晨之口，却似乎有着其他的意味。邓晨分明在暗示着什么，难道，邓晨猜出了他心中的秘密？不然，他的眼神为何如此深沉？

刘秀笑了笑，并不回答。他在倾听，倾听胡须的生长，倾听心灵的空旷，倾听时光的消逝，倾听季节的转移。

不知不觉间，他回到南阳已经四年。他已经二十岁了，而他的生命，每天都只在一个狭小的圈子里打转。然而，他却仿佛麻木。他看着自己，一如我此刻看着他，只是一个陌生的古人，不必介入，也无需介入，因为他终将逝去，因为他已然逝去。

刘秀以为，他已经修炼到了无欲则刚。殊不知，总有一种力量，让再刚强的心脏，也可以在瞬间四分五裂、不成模样。

NO.9　洛丽塔

他们说，孩子，不用着急，有一大堆人等着你。后来他们又说，年轻人，不用焦虑，一定有个人在等着你。于是，就在这样的希望中安心地变老。直到像《百年孤独》中的乌苏拉那样，活到一百多岁，仍然会有人在等待着你，只是，这些等待者已不再是活人，而是地下的死人。他们还写诗，说什么"嫦娥应悔偷灵药，碧海青天夜夜心"。仔细盘算，说的其实还是同一码事。

我们并非公共汽车，怎能确信真的有人在等？我们能够确信的，只能是我们在等待别人，等某些人，或者说，等某一个特定的人。然而，现实往往难以尽如人意，一旦等红了眼，而命定的人仍未出现，又有几个人会坚持再等下去？以最好的年华作为代价？或许就从了吧，凑合了吧，爱谁谁了吧。然后的某一天，久等的那人终于出现，也只能眨巴泪眼，还君明珠双泪垂，恨不相逢未嫁时。

但是，有一些珍稀动物，譬如庄子笔下的鹓鶵，发于南海而飞于北海，非梧桐不止，非练实不食，非醴泉不饮。也有一些珍稀人类，情根深种，难以自移，饮酣视八极，俗物多茫茫，脆弱之下，动辄“忽反顾以流涕兮，哀高丘之无女”。然而，等待仍将继续。凑合？宁溘死以流亡兮，余不忍为此态也！

很难确认此一类人为完美主义者，倒不如说他们太爱自己，太过傲慢，所谓千弩之弓，一击不中，乃永息机锋。射与不射之间，当然要分外慎重。

二十岁的刘秀，依旧孑然一身。那个年代，普遍早婚，在他这个岁数，许多人都已经做了父亲。也不是没人来说媒，也不是没人来问讯，然而刘秀终不肯点头。他坚信，有一个人在等待着他，正如他等待着那个人。而在此之前，必须保持安静。

另一方面，如我们所知，刘秀早已明了他的宿命。司马迁云：“观阴阳之书，使人拘而多忌。”此言可谓洞彻人心。宿命的恐怖之处，在于尚未发生，便已然束缚住了人的手脚。刘秀也正因此而犹豫，他总觉得，不应该过多地改变现有的生活，从而增加其复杂和混乱程度。说不定，再小的移动，都可能会干扰到最终的结果。

《桃花扇》有念白道：“小生侯方域，书剑飘零，归家无日。虽是客况不堪，却也春情难按。”刘秀弱冠之年，正血气方刚，也想那美娇娘，也思那温柔乡。然而，奥维德有诗：

且让禁果在枝头慢慢生长，
耐心的人啊，你的等待
在未来将得到加倍的补偿。

这一日，实在也无异于他日，大概是春天吧，因为该开的花开了，该绿的树绿了，该满的小溪也满了。太阳照例懒洋洋地悬挂西天，随时准备打烊；老迈的家狗睡眼惺忪地趴在路上，等着马车来撞。

新野的邓府，正在大宴宾客，欢声笑语，喧闹非常。刘秀不胜酒力，离席趁醉而行，

不辨方向，恍惚间闯入一个小径分岔的花园。正待收拾闲情，好生将风景欣赏，无奈腹内不肯商量，定要立刻释放。

葡萄架前，刘秀一通狂吐。吐罢，暗道惭愧，回身欲返席，却看见一个小女孩，只有十岁的样子，怯生生地站在面前，手臂伸直，举着一方手帕，朝着他轻轻摇动。

只不过一眼的打量，却严峻地考验着刘秀的心脏，先是骤然停止，然后马上开始报复性地反弹，狂跳异常。

NO.10　洛丽塔（二）

魂魄何在？荡于天外。而刘秀的血肉之躯，则禁锢在小小花园。他眼中只有这个十岁的小女孩，再无其他可以看见。

小女孩皮肤苍白，身形消瘦，神态空灵而朦胧，她那介于儿童和少女之间的奇妙魅力，无疑带给刘秀巨大的痛苦。他确信，就是她了，跑不了了，她就是他等待的那个人。

然而，他却无法言说。女孩才只有十岁，哪里懂得男女间的情事。当他手足无措地与女孩面对，他是真的体会到了，世间最遥远的距离，便是我站在你面前，而你并不知道我爱你，你并不知道多年以后你将成为我的妻。

生活委实神奇而诡异。刘秀还曾经以为，能将他的心震得粉碎的那人，至少也得有几甲子的功力，殊不知，却原来是来自一个十岁女孩的手笔。而且，人家小女孩根本就没有发功，她只是离开他两步的间距，无辜地发射着她的固有频率，然后，刘秀的心便不由自主地开始了共振，自己将自己玩得粉碎。

刘秀注视着女孩，她是那么的美丽无邪。她有本事长成这样，你说，她得每天使多大的劲啊，可瞧她的表情，却又分明很是轻松，不费半点气力。于是，刘秀惊骇的表情之外，又多了一层厚厚的困惑。

在今天，倘若有人像刘秀这样，对一名十岁的幼女产生异样的感情，将被视为一种变态的怪癖，如果胆敢有进一步行动，更将是踏入了法律的雷区。关于这种对未成年少女的畸形情欲的描绘，首推纳博科夫的名著《洛丽塔》，其描绘是如此地成功，以至于洛丽塔三字，现在几乎已经成了这种畸形情欲的代名词。

纳博科夫对这一时期的女孩做了这样的定义：在九岁和十四岁年龄限内的一些处女，能对一些着了魔的游历者，尽管比他们小两倍甚或好几倍，显示出她们真实的本性，不是人性的，而是山林女神般的（也就是说，鬼性的）；而这些被选中的小生命，我想命名她们为"小仙女"。

《洛丽塔》一书中还列举了历史上几个有名的案例，譬如但丁疯狂地爱上了九岁的贝特丽丝；彼特拉克疯狂地爱上他的劳琳时，劳琳也不过是个十二岁的金发耀眼的性感少女。这样的案例，我们也可以加以补充，譬如爱伦·坡娶了他十三岁的表妹弗吉尼亚；猫王迎娶普琳西拉时，小姑娘也才不满十四岁。

纳博科夫没到过中国，所以大惊小怪，一惊一乍，觉得自己挖着宝了。而在古代的中国，早婚司空见惯，太不稀奇。《孔子家语》载鲁哀公语："男子十六而精通，女子十四而化，可以生民矣。"以汉代来说，一般女孩十三到十六岁时便会出嫁。及至后世，用今天的眼光看，婚龄仍然是严重偏早。李白《长干行》有句："十四为君妇，羞颜未尝开。"而在娱乐场所，女孩在还是幼女的阶段，便已经可以出来公开地应酬客人。白居易《琵琶行》中的琵琶女自述云："十三学得琵琶成，名属教坊第一部。"年十三而成头牌，由此可见当时审美风气之一斑。再比如《红楼梦》中的宝玉、黛玉、宝钗，他们演绎的爱情故事，赚取了无数痴情男女的眼泪，但考其年齿，也都只不过十岁刚冒尖的样子。

当时代倾向于过早地将女孩变为妇人，女孩的角色也必须相应调整。男人们很早就开始在她们身上寻找女性特质，而她们所受的教育，也要求她们主动地迎合这样的社会环境，过早地发掘出自己的女性特质。因此，刘秀失魂落魄地困在一个小女孩的罗网之中，当时也只道是寻常而已，并无道德上的忌讳。

小女孩继续坚定地摇晃着手帕。刘秀大梦方醒，木然接过，只觉一阵清香，熏断肝肠。待刘秀擦拭完毕唇须，手帕已脏，他攥着手帕，陷入绝望。还给人家吧，这么脏，怎么好意思？不还吧，岂不成了霸占人家小孩的东西，怎么敢当？

小女孩见刘秀窘迫，于是笑道："手帕归你了。我不要了。"远处传来一个小男

孩的叫喊，小女孩笑得更开心了，对刘秀道:“我走了。”说完，就蹦跳着追小男孩而去。

刘秀远远望了一眼那个小男孩，他的竞争对手，他小小的情敌，那是一个漂亮的小男孩。刘秀叹了口气，又揉了揉眼睛，他忽而能看见两个小孩在追逐嬉戏，忽而又只能注意到小女孩独自一人。这样的影像混乱地交叠，让他酒后的头颅沉痛不已。

小孩们活在他们自己的世界里，和外界没有交集，这让刘秀觉出自己的苍老。但正如这花园中条条弯曲的小径，互相靠拢、分岔、交错然后分开，时光或者生命，也是这般地交织，构成不可知的未来。而他，将选择耐心的等待。

孩子们离开了。幼小的天使，将刘秀留在了光线渐渐暗淡的花园。多年以后，他已经记不清这天风的方向，记不清这天云的模样，但他忘不了那个娇小的背影，是怎样地震撼了他目前为止乏善可陈的一生。

后来他知道了，小女孩名叫阴丽华，新野阴家的千金，春秋贤相管仲的后裔，其母邓氏，乃是姐夫邓晨的族姑。而他的小小情敌，名叫邓奉，乃是姐夫邓晨的侄子①。

NO.11　半个老乡

还是在新野。那一日，刘縯、刘秀、邓晨三人酒后出行，奋马扬鞭，向西漫无目的狂奔。行出数十里之外，看看夕阳将沉，游兴不减，乃奋力登山。及至山顶，勒马俯瞰，但见山谷之间，有良田千顷，居中一座高大宏伟的府邸，其辉煌富丽，远近莫有能比。

眼前之景，好一幅田园山水图，世外风情画。刘秀心旷神怡，默默赞叹，回首

①史册并未记载刘秀何时遇见阴丽华。但考虑到各种乱七八糟的亲戚关系，且地域相对狭小而封闭，估计刘秀应该至少在去太学前，便曾亲眼见过阴丽华。后汉书载：“初，光武适新野，闻后美，心悦之。”似乎是只曾闻名，不曾见面。但以常情揣测，只凭耳朵便心悦一人，这样的逻辑似乎存有问题。

却见刘縯、邓晨二人皆是满面愤懑之色，大惑不解，问道："此乃何处？"

刘縯阴沉着脸，并不回答。邓晨看了看刘秀，叹道，"此处乃新野都乡，正是王莽当年的封国。"

王莽，字巨君，其姑王政君，为汉元帝的皇后。王家也正是凭了王政君的裙带关系，迅速崛起，一门之中，先后出了九个侯爵、五个大司马（大司马，位列三公，权位更在丞相之上，为当时最高官职），权倾朝野，威慑天下。三十年前，即公元前十六年（汉成帝永始元年），王莽时年三十，靠着王家荫庇及自身钻营，获封为新都侯，封国在南阳新野的都乡，就是此刻刘秀三人所看到的这块地方，食一千五百户。

王莽虽然封国在此，但却一直留在首都长安，呆在权力中心。汉哀帝即位之后，王莽在和哀帝的祖母傅太后、母亲丁太后的权力斗争中败下阵来，被迫从大司马的位置隐退，这才回封国避祸，从而和新野发生了真正实质性的联系，时为公元前五年（汉哀帝建平二年）。

王莽在新野封国，一蛰伏就是三年时间，后经多方活动，终于被长安朝廷召回，重新掌握大权。再过十一年，王莽改朝换代，据汉朝江山为己有。

虽然王莽只在新野呆了三年，但三年时间毕竟也不能算短。因此，在新野便流传着许多关于王莽的轶事。

譬如，王莽回新野之后，祭出了孙子兵法，杜门自守，夹起尾巴做人，老实得不能再老实。孔休时任新都相，掌管王莽封国之内的大小事务。王莽尽力结纳孔休，一点也没有曾经做过大司马的架子。某日王莽患病，孔休前往探视，王莽解其所佩玉具宝剑相送。孔休不肯受。开弓没有回头箭，送礼不敲退堂鼓，王莽是无论如何，一定要孔休从他这里收下点什么，于是道："诚见君面有瘢，美玉可以灭瘢，欲献玉瑑耳。" 即解剑瑑。孔休再次辞让，不肯受礼。王莽道："君嫌其贵重兮？" 遂椎碎之，然后以布巾包裹碎玉，再送孔休。孔休无可奈何，这才受礼。

通过这则轶事，很多人会说王莽工于心计，不择手段地收买人心。然而在新野，这则轶事却是老百姓们津津乐道的一段佳话。

在《乡土中国》一书中，费孝通先生对中国人的人性和价值标准作了精妙而犀利的概括：

"中国的乡土社会的基层结构是一种差序格局……一个差序格局的社会，是由

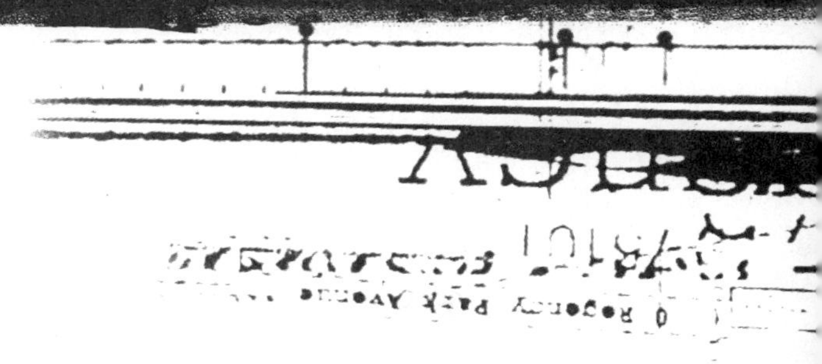

无数私人关系搭成的网络……中国的道德和法律，都因之得看所施的对象和‘自己’的关系而加以程度上的伸缩。我见过不少痛骂贪污的朋友，遇到他的父亲贪污时，不但不骂，而且代他讳隐。更甚的，他还可以用父亲贪污得来的钱，同时骂别人贪污。等到自己贪污时，还可以‘能干’两字来自解。这在差序社会里可以不觉得是矛盾；因为在这种社会中，一切普遍的标准并不发生作用，一定要问清了，对象是谁，和自己是什么关系之后，才能决定拿出什么标准来。”

由此我们也就不难理解，新野人乃至南阳人，对于王莽的评价标准与别处人不同。新野乃至整个南阳的老百姓，为本地出了王莽这么个皇帝而深感骄傲，他们并不在乎王莽是善是恶，他们只知道，王莽成了皇帝，让他们也跟着颜面有光，即便他们并没有因此得到多少实惠。而且，王莽的国号“新”，正是从他曾经的爵位“新都（新野都乡）侯”而来，正如刘邦曾为汉王，后来便以汉作为国号一样。所以，即使王莽已经离开新野多年，并且没有再回来过，但这里的老百姓还是想当然地觉得王莽很是亲近，是自己的半个老乡。在空闲的时候，他们往往便会聊起这个曾经在这里呆过三年的当今天子，聊聊他的八卦，谈谈他的趣闻，从中收获许多的自豪和快乐。

刘縯看待王莽的标准，又和普通百姓不同。王莽虽然和他也算半个老乡，但王莽更是他的仇人，是篡夺了刘氏江山的奸贼，必须铲除而后快。当刘縯俯瞰着脚下王莽曾经的封国，恨不能时光倒流，而王莽依然困顿在眼前这座城堡之内，那就坚决不用客气，立即冲进去一刀解决了伊。

反观刘秀，当他看到王莽曾经的封国近在眼前时，心头涌起一种强烈的兴奋。以前的王莽，对他来说只是一个符号，一个名字，现在则变成了一个真实的人，一个具体的存在，而这一切，有眼前这座王莽曾住过三年的城堡为证。刘秀凝望着城堡，仿佛能感受到当年王莽是如何在这里韬光养晦，假意归隐，又是如何在这里遥控着长安政局，谋划着东山再起。

王莽贵为天子，都乡作为他曾经的封国，作为他的故居和龙兴之地，并没有被开辟为旅游景区，供世人瞻仰，而是建起了王氏宗庙，每年祭祀，而且并不对外开放。刘縯好奇心起，眼前毕竟是王莽曾经呆过的地方，便欲冲入城堡，一窥究竟，于是打马下山，刘秀、邓晨唯恐有失，赶紧跟上。

卡夫卡笔下的《城堡》，折磨得主人公K够呛，虽近在咫尺，仿佛触手可及，但任他费尽周折，却至死也不得其门而入。而新野的都乡城堡，则是从一开始便扼杀掉任何外人企图进入的野心。刘縯三人刚刚来到城堡跟前，便听得箭楼之上一声大呼，道："来者何人？"

刘縯仰头，道："I am 刘縯。"

"混帐，没听过。"说完，箭楼上一箭射下。刘縯右手一探，接箭在手，便欲回射。邓晨担心惹事，连忙阻止。刘縯道："放心，我自有分寸。"张弓搭箭，径向箭楼射去。刘縯想得挺美，打算一箭射落那人的头巾，既不伤人又逞了威风。无奈箭术不精，一箭射出，正中那人左眼。

那人掩面大叫："你究竟是何人？"

刘縯心中有愧，耸耸肩，道："I am sorry。"

三人见惹出事来，也断了进入城堡游览的念头，策马而逃。城堡的卫兵开门追来，然而哪里来得及，只得眼睁睁地目送三人绝尘而去。

NO.12 远行

且说刘縯和刘秀自新野返回老家舂陵，还未进门，便遇见叔父刘良。刘縯眼前一黑，暗道呜呼，以为又要接受思想品德教育，拔腿便欲逃窜。刘良冷哼一声，道："别逃，早看到了。不找你，找文叔。"

哦，好。刘縯将信将疑地收回脚步，将刘良迎入屋内。三人坐定，刘良取出一封信来，对刘秀说道："长安纳言严大人来信，言及朝中禁令稍弛，命我遣子弟入太学，日后若欲仕宦富贵，也可有一进身之阶。未知文叔意下如何，可有意游学长安？"

消息来得突然，刘秀一时不知如何反应，拿眼看向刘縯。刘縯涨红了脸，好半天才说道："文叔不能去。"

刘良一番好意，遭刘縯迎头一盆冷水，面上也挂不住，怒斥道："不问你，问文叔。"

刘秀既不敢违拗长兄，却也不能得罪叔父，夹在两人中间，煞是为难。刘良见

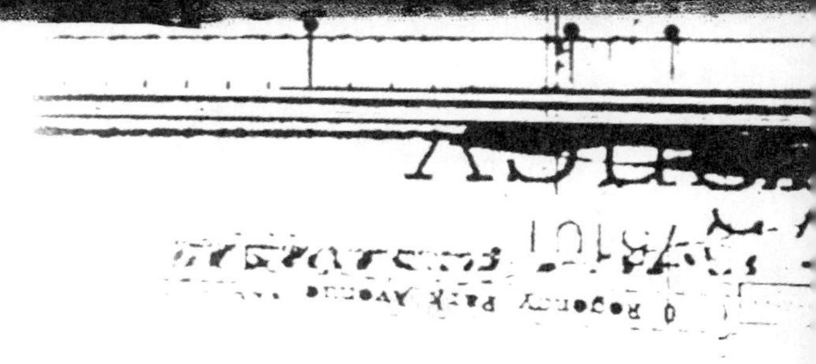

刘秀不答，便又质问刘縯道：“文叔为何不能去？”

刘縯道：“人人可入太学，惟我刘氏不可入太学。”

刘良明白刘縯的意思。在刘縯看来，刘氏和王莽势不两立。如今天下已是王莽的天下，太学便是王莽的太学。刘秀一旦入了太学，便无异于他刘縯承认了王莽政权的合法性。况且，刘秀一旦太学毕业，在政府中谋得一官半职，那更直接变成为王莽卖命了。认贼作君父，耻莫大焉，是以刘縯态度才会如此决绝。

刘良瞪了刘縯一眼，冷笑道：“好，很好。那就让文叔继续呆在春陵，也不读书，也不游历，昏昏无知，以至终老。你身为长兄，可是想要文叔这样？”

尽管被刘良施以强大的道德压力，刘縯却并不愿屈服。他是一个有底线的人，他的底线就是，哪怕全世界都承认了王莽，他也绝不承认，至死也不承认。刘縯此举，颇有些春秋笔法的意思。吴楚之君自称王，而春秋贬之曰“子”；践土之会实召周天子，而春秋讳之曰“天王狩於河阳”。要知道，人家根本就不在乎事实，人家在乎的是怎样粉饰事实，从而安抚自己失落的自尊，就算不能战胜敌人，嘴巴上也一定要过过干瘾。由此看来，阿Q先生的精神胜利法，渊源固已流长也。

刘良乃是善辩之人，见刘縯以沉默为抵挡，便再冷笑道：“周武王以臣弑君，代殷而有天下。伯夷叔齐耻之，义不食周粟，隐于首阳山，采薇而食，俱饿死也。伯夷叔齐，非殷之宗室，而义高如此。今王莽篡汉，以伯升之意，我刘氏身为大汉宗室，岂可让伯夷叔齐专美于前，皆当不饮不食，饿死以殉国兮？”

刘縯若是争辩得过叔父刘良，也用不着每次见到刘良本能地撒腿就跑。遭刘良这么一问，刘縯只得喃喃答道：“饿死自然不必。”

刘良道：“既不能死，则生乎？”刘縯只能点头。刘良再道：“既生，当求进乎？”刘縯还是只能点头。刘良这才加重语气，得意地质问道：“文叔入太学，求进也。何谓不可？”

刘縯自知被刘良绕了进去，但他理屈颈不屈，硬是不肯点头，还是重复着那句话：“汉贼不两立。”

在许多人看来，刘縯的这种执迷，根本就是死脑筋，丝毫不懂变通。刘秀读个太学怎么了？如果刘縯真要造反的话，一个受过太学教育的刘秀，总比一个只做过农夫的刘秀更为有用。再进一步说，刘秀在新朝做官又怎么了？刘秀完全可以一边做官，一边为刘縯做卧底。但这些眼见的好处，刘縯完全置之不理。他就是骇于家国之仇这类抽象的大义，吓完自己，再拿来吓唬别人，结果往往作茧自缚，固步自封，最终必然是误人误己。

刘縯如此顽固，刘良也无计可施，只是一味生着闷气。一直保持沉默的刘秀，这时小声说了一句："太学乃天下公器，王莽安得而私？"

刘秀这句话，可谓是一言而解纷。刘縯仿佛是终于卸掉了压在背上的巨石，神情顿时轻松下来。刘良闻言也是又愧又喜，枉他用了半天的归谬法，最终还是不得要领，而刘秀这小子，一出口便击中要害，解决问题。

刘秀这句话，其核心内容便是：反王莽不反太学。太学是天下人的太学，而不是王莽私人的太学。有了这样的定义，入太学便和反王莽的事业不存在任何冲突。心结已然解开，刘縯的态度立即来了个一百八十度的大转弯，极力主张刘秀入太学就读。把刘秀禁锢在舂陵这种小地方，刘縯作为兄长，说实话，其实也是于心不忍。

刘縯以一个前太学生的身份，鼓吹起了上太学的诸多好处。其实重要的不是你学到多少东西，而是你可以结识很多同学。这些同学，皆是精挑细选而出，或有背景，或有才华，日后正可互相扶持，相为利用。即便世态炎凉，通货膨胀，而同学间的情分，总还是不至于太过贬值。倘若无心向学，至少人在长安，也足以开阔眼界，观九州风云，明天下大势。再不济的话，上过太学毕竟也是一个资历，多年后也可以拿来向人吹嘘，"想当年，兄弟我上太学的时候……"

太学之事就这么决定了下来。而一想到马上就要背井离乡，千里迢迢地去到一个全然陌生的地方，融入一群全然陌生的人，刘秀既害怕，又兴奋。

刘良不放心刘秀独自远行，几千里长路，保不准有什么差池，于是叹道："文叔此去，须结伴而行。只是这一时之间，到哪里找这么个人？"

刘縯道："叔父难道忘了，有三表哥在呢。"

刘良一惊，道："三表哥？"

NO.13 入学

刘縯口中的三表哥，姓来名歙，字君叔，乃刘縯姑母之子。

来歙和邓晨一样，也是南阳新野人氏，出身于官宦世家，其六世祖来汉，汉武帝时任光禄大夫，随楼船将军杨仆击破南越、朝鲜。父亲来仲，汉哀帝时官居谏大夫。

来歙也是一个奇人，读了十年太学，还没有毕业，有人戏称他为赖歙，赖在太学楞不肯走。好在他的家庭背景摆在那，学费不成问题，而他也不会有非急着就业不可的压力。当然，我们绝不能因为来歙读了十年太学，便武断地认为他有智力障碍，或者是一个好逸恶劳的纨绔子弟。相反，来歙素有大志，性情慷慨，和刘縯有得一比。事实上，再过数年，我们便可以领教到来歙的真正实力。

眼下，来歙正在新野老家探亲休假，不日便将重返太学，正好可以带刘秀同行。刘秀旅伴的问题解决了，三人都松了一口气。刘良悠闲地啜了口茶，瞄了瞄刘縯，道："我说伯升啊……"

刘縯一看架势，就知道老爷子又要趁机训话了，慌乱之下，也顾上不什么礼节，猛跳起来，夺路而逃，眨眼便没了踪迹。

且说刘秀揣着刘縯给的盘缠，在三表哥来歙的带领下，踏上了离乡之旅。一路无话，将将大半个月后，便抵达了长安，抵达了这座世界上最宏伟的都城。然而，暂时还顾不上进长安城游览参观，得先赶去太学报到。

太学，位于长安城外东南七里，最早由大儒董仲舒提议，汉武帝创立。创立之初，学生仅五十人。后来规模渐渐扩大，汉昭帝时，增至一百人，汉宣帝时，增至二百人，汉元帝时，增至一千人，汉成帝时，增至三千人。

十年前，也就是公元四年，当王莽还是宰衡[①]的时候，对太学进行了大肆扩建，修宿舍万间，专供教师和太学生居住。太学由此迎来了史无前例的扩招高潮，注册学生一万零八百人，其规模之大，较诸今日大学也不遑多让。

---

①宰衡，王莽在篡位当皇帝之前，自己给自己特别创设的官职，位上公，在诸侯王之上。昔日伊尹为阿衡、周公为太宰，王莽各取一字，合为宰衡，以自尊宠。

太学类似于今天的大学，也分为不同的系，系下面又分为不同的专业。太学的分系原则，是根据教材的不同。太学共有六种不同的教材，即我们所熟知的六经——《易》、《尚书》、《诗》、《礼》、《春秋》、《乐经》（其中《乐经》为王莽时新增），每经便是一系，每系学生也只专攻该系所对应的一经。

于是有问，既然一个系里面读的都是同一本教材，那为什么还要再分专业呢？这是因为，所谓的六经，在其流传的过程中，形成了不同的解读。对经文的解读不同，甚至完全相反，而又各不相让，解读者个个以为自己才是真理在握，才是经文作者的隔世知己，于是便分裂为不同的门派，各自招揽信徒。经文的作者早已作古，自然也无人来定其高低对错，当六经成为太学教材之后，官方本着“与其过而废之，宁过而立之”的宗旨，将这不同的门派，都纳入太学的教育体系之中。于是，一经之下的不同门派，自然便演化成了不同的专业。譬如，《易》下面便分为施氏《易》、孟氏《易》、梁丘《易》、京氏《易》，《尚书》下面分为欧阳《尚书》、大夏侯《尚书》、小夏侯《尚书》，《诗》下面分为齐《诗》、鲁《诗》、韩《诗》，《礼》下面分为大戴《礼》、小戴《礼》，等等。

教师方面，太学则不同于今天的大学，太学的教师，并不分教授、副教授、讲师这么些级别，而是一律称为博士。王莽时，太学的师资力量也得到了很大的扩充，每经各设五个博士，六个系加起来，共有博士三十人。

刘秀和他长兄刘縯是同一个系，都是《尚书》，专业也是一样，都是欧阳《尚书》，老师也是同一个人，都是中大夫庐江许子威。

来歙帮刘秀办妥入学手续后，便匆匆告辞，将刘秀一个人扔在宿舍。刘秀知道，接下来就全靠他自己了。表哥来歙虽然和他同校，但却并不同系，来歙学的是左氏《春秋》，上课不在一起，住宿也不在一处，以太学之大，可想而知，两人平时碰面的机会并不会太多。况且，来歙和他之间存在代沟，来歙在长安经常来往的，大都是已经成名的英雄豪杰，如隗嚣之辈。而刘秀在来歙眼中，只是一个小孩而已，不可能玩到一块去。

刘秀正沉思间，有人敲门进来。来人叫韩子，也是新生，也住在这间宿舍，年纪和刘秀差不多，一看就是个老实孩子。

两人互通了姓名之后，便面对面干坐着，都不知道该说些什么才好。最终，还

是韩子打破了沉默，对刘秀道："给你讲个笑话，听学长们说的。问，你来太学干什么？你离开太学之后打算做怎样一个人？"

刘秀茫然地摇了摇头。

韩子道："来太学干什么？混。离开太学之后打算做怎样一个人？混混。"

刘秀哈哈大笑，韩子也跟着大笑，两人的距离一下子便拉近了起来。笑完之后，刘秀却又忍不住陷入思索。韩子所讲的虽是一个笑话，但那两个问题，却是很好的问题。来太学干什么？离开太学之后打算做怎样一个人？对此，现在的刘秀并不知道该如何回答。好在他有的是时间，接下来将在太学度过的几年，足够他寻找到一个满意的答案。

NO.14　新生的烦恼

太学，乃是当时的最高学府，不仅可以学习知识，更是一条通往仕宦利禄的捷径，因此，招生名额从来都是供不应求。即使王莽扩建了万间宿舍，招生人数激增，但依然不能改变僧多粥少的局面。最终能入太学就读者，大多还是有背景有来历，所谓同学少年多不贱是也，很难轮到穷苦人家子弟的头上。安得广厦千万间，大庇天下寒士俱欢颜？杜甫何其愚也，有了广厦千万间又能怎样？即使有了广厦亿万间，也还是不够富贵权人瓜分，寒士仍将无立锥之地，只能叹一声"受冻饿死亦足"，聊以自慰。

话说回来，但凡太学的新生，在他们所来自的地方，都是大鱼，都是骄子，自命不凡实为应有之义。好比你总觉得自个身材不错，骤然入了澡堂，当然忍不住要四处比较打量。同理，新生一入太学，互相也免不了要或明或暗地攀比一番。虽说他们不用入学考试，没有入学成绩可以一较高下，但只要一个人愿意攀比，那便总能找到可以攀比的东西。比衣服，比钱包，比排场，更重要的是，比名气。但毕竟都是新生，只有一些当地知名度，到了长安，入了太学，这点小小的知名度，又实在是不值一提，无从比起。

不过，也有那么极个别人，他在入太学之前，就已经名闻天下，甚至可以这么说，他入太学读书，不是太学给了他面子，而是他给了太学面子。而在太学方面，对这人也会大作宣传，以为政绩。这种待遇上的不平等，很容易让心高气傲的新生们不服气，但另一方面，又贱贱地劣根性发作，对那人充满了揣度和好奇。

新生入学的第一课，自然是在校园里遛达，以便熟悉学校环境（今天的大学由于是男女同校，所以大学新生又多了一个遛达的目的，那便是寻找美女）。刘秀吃完饭后，也在太学里游荡着，迎面便看见一群新生扎堆。新生的模样，很容易便可以辨识出来。不一会，又有几个老生，也凑过来加入了那群新生的队伍。刘秀隐隐听到传来的窃窃私语，“知道吗，今年从南阳来了个狠角色。”

刘秀一听之下，觉得非常不好意思。我这还没发挥实力呢，怎么名声就已经传开了？他低着头，快步走过人群，唯恐被人认出。此时的刘秀，已经发育成熟，身长七尺三寸（约合今一米六十八），美须眉，大口，隆准，日角。光从外貌来看，已经相当具有说服力，很难不吸引别人的注意。

意外的是，并没人认出他来，甚至都没人朝他投来轻微的一瞥。这让刘秀颇为不忿，他又折将回来，在那帮人眼前晃来晃去。果然，人群很快就发出了一阵轻呼，看，他来了。

刘秀心中大悦，正准备屈尊和大家打声招呼，却发现大家的视线都向前方望去，根本就没人在乎他。刘秀大为沮丧，明白这个南阳来的狠角色其实是另有其人，于是也随着人群一道望去。他倒要看看，到底是怎样的壮士，还没入学便已经引起轰动，让新生和老生都为之悚然不安。

然而，来人却不过是一个瘦削的六尺童子，身边跟着两个老态龙钟的仆从。刘秀不免暗暗失望，但人群却已经激动地议论开了。

“没错，就是他，邓禹，字仲华，南阳新野人。”

“听说只有十三岁。”

“可不，有史以来最年幼的太学生了。”

“听说是祭酒亲自登门，特邀过来的。”

“据闻他在《诗》上的造诣之深，连博士也不敢自居其师。”

人群投来的赞叹目光，邓禹一一看在眼里。他太熟悉这种目光了，他就是在这

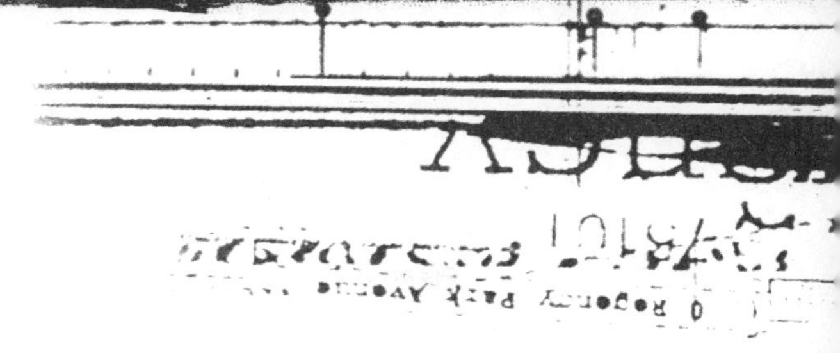

种目光中长大的。他迎着这些目光，不疾不徐地走着，一点也不怯场。就这样，他走过了人群，忽然却又折返回来，径直走到刘秀面前，行礼道："足下莫非便是春陵刘文叔？"

刘秀心中狐疑，点了点头。邓禹笑道，"禹在新野，久闻刘兄大名。今日得见，足慰平生。"

邓禹这么两句话一说，人群也一下子对刘秀刮目相看起来。这让刘秀倍感尴尬，没想到，他居然靠了一个童子的垂青，这才能获得众人的注意。

众人于是纷纷向刘秀行礼，问其来历。邓禹代刘秀答道："好叫诸公得知，此乃南阳刘伯升之弟。"

想当年，刘縯在太学里可是一位传奇人物，很出过一番风头。听闻刘秀乃是刘縯之弟，众人对刘秀越发景仰，而刘秀的心中也越发不是滋味。

从小到大，他都笼罩在刘縯的阴影之下，逃也逃不掉。没想到来了太学，刘縯的阴影依然摆脱不了。他热爱长兄刘縯，他对刘縯满心崇敬，但长此以往，他的自尊心也难免很是受伤。如今，他远离了刘縯，孤身独处长安，这给了他展现自己的机会。从现在起，他将独自作出所有的决定，独自迎接所有的挑战。

有些东西不宜乱露，譬如大腿。有些东西当露必露，譬如锋芒。刘秀已然觉醒，他要向所有人证明，他虽然姓刘，但他名秀，字文叔。

NO.15　哀太学

太学和刘秀想象中的大不一样。

在刘秀的听闻里，曾经的太学，聚集的是这样一群年轻人：他们热血沸腾；他们以天下为己任；他们满怀理想，不避利害；他们不畏公开反对朝政；他们敢于直面天子，上书献言。

总之一句话，只需一小点火星，这群人马上就能变成易燃易爆品。

或许，这些太学生毕业之后，热情渐渐耗尽，最终成了沉闷的官僚或顺从的臣仆，但至少在就读太学的时候，他们年轻过，他们轻狂过，他们的太学生涯没有枉过。

在太学的校史上，最辉煌最激动人心的莫过于营救名儒鲍宣一事。

汉哀帝时，官居司隶的名儒鲍宣被捕入狱，罪名为“大不道”，按照律法，必死无疑。太学生王咸在太学门口迎风举幡，大呼：“欲救鲍司隶者，会此幡下。”一时间，汇集太学生一千多人。上朝之日，这千余名太学生在路上堵住丞相孔光，不许其车驾前行，为鲍宣诉冤，又直奔未央宫前，上书汉哀帝，为鲍宣请命。此事一出，天下震动。最终，汉哀帝法外施恩，令鲍宣减罪不死。

自王莽当政，太学规模急剧扩大。学生多了，建筑多了，但太学以往的精神却丢了。这种精神的沦丧，肇始于一个名叫哀章的家伙。

哀章，广汉梓潼人，太学的杰出校友。但一开始的时候，哀章在太学里却并不招人待见。此人品行低劣，又酷爱吹牛皮，早已被老师和同学们判了死刑，认为他绝不会有任何出息。

然而，哀章只干了一件事，便彻底地发了迹。

当时，全天下的人都知道王莽想自己当皇帝，而王莽也有这个实力自己当皇帝。无奈始终找不到合适的借口，王莽只能成天憋着，憋得那是相当难受。

哀章急王莽之所急，替王莽解决了借口问题。

哀章作了一个铜匮，又分别作了一图一书，图名为“天帝行玺金匮图”，书名为“赤帝行玺刘邦传予黄帝金策书”，置入铜匮之中。图和书的内容，顾名思义可知，乃是以汉朝开国皇帝刘邦的名义，遵从上帝的意志，将皇位传予王莽。哀章制作停当，蓄意挑了某日黄昏，能见度低，着一袭黄衣，披头散发，持匮来到汉高祖刘邦庙，交付守庙的仆射，神神道道说了一句，“报于王莽知。”不待仆射反应过来，便飘然远去。

仆射恍惚之中，以为遇见了神怪奇异，不敢怠慢，连夜上奏王莽。

王莽得报大喜，拍案叫绝。他也一直在苦苦寻找称帝的借口，怎么就没想到拿刘邦来做文章呢？如果连刘邦都同意将江山相让，那天下百姓还能有什么闲话好讲？绝了，这主意绝了。

次日一大清早，王莽便率领满朝文武，浩浩荡荡开赴汉高祖刘邦庙，拜受金匮

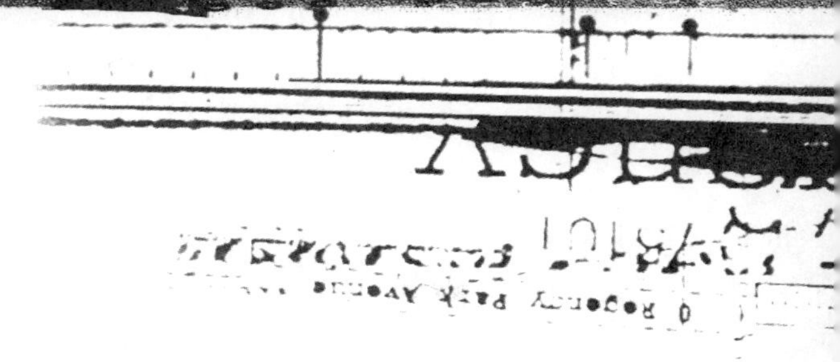

图书。拜受完毕，一回宫，立马下诏称帝。

难道哀章就这么做了活雷锋？差矣，哀章早有后着。

哀章不仅替刘邦拿了让位的主意，也替王莽拿了封官的主意。他在伪造的图书上，开了一份名单给王莽，谁谁该作四辅，谁谁该作三公，谁谁该作四将，写得一清二楚，而他哀章的名字，也堂而皇之地掺入其中。

王莽要坐实金匮图书确为神授，因此，就算知道哀章心中的小九九，也并不计较，照单全收。王莽称帝之后，封哀章为国将，美新公，列在四辅，位居上公。

荒谬的是，哀章为了神化金匮图书，曾特意胡乱编造了两个人名，混入封官名单之中。这两个名字，一为王兴，一为王盛，合起来，寓意着王氏兴盛。王莽一不做，二不休，连这编造出来的王兴和王盛，也非要找出真人不可。这一找，找出了十多个王兴和王盛，再通过占卜和相面，最终定下两人——一个是看城门的王兴，被封为卫将军，奉新公；一个是摆摊卖饼的王盛，被封为前将军，崇新公。

我们不难想象，哀章如此轻易的发迹，带给太学的是怎样的震撼和刺激。官居国将，爵封美新公，除了当皇帝之外，这已经是一个人可以梦想的最高位置，而哀章从一个遭人鄙夷的穷太学生，爬到这个位置，只用了一个黄昏而已。

孔子曰："见贤思齐焉，见不贤而内自省也。"这是孔子的境界。对一般人来说，往往是见不贤而思齐焉。像哀章这样，一夜暴贵，让多少人羡慕得牙痒痒，恨不得自己就是下一个哀章。

而在太学这方面，也第一时间将曾经不耻的哀章列为了杰出校友。可想而知，势利的校方，树立起这样一位榜样，最终将导致太学生们如是思想：

投机取巧学哀章，荣华富贵做国将。

太学之风，由此衰也。太学之魂，由此丧也。

to be continued ...

神之右手（修订版）

文/沧 月

这是个空白一片的庭院。

纯白的房子，纯白的地面，纯白的摆设，甚至白色的假山，白色的树木。一切都是雪白的，没有颜色的所在，几乎令空间都不存在。这个深宫重门背后的庭院中没有东南西北，甚至没有天和地，六合宇宙在这里只是一张平展的白纸。水晶沙漏放在棋盘边上，然而里面计时用的白沙似乎被某种神奇的力量所控制，无法流泻一丝一毫。

在这个奇异的空间里，仿佛连时间都凝固了。

如果不是耳边传来的细细的箫声，他几乎无法肯定自己是否坐在一个真实的地方。空茫中，唯有那首《墟》是真实的，从庭院外的某处传入，切割着他的耳膜和心肺。他坐在棋盘前，看着那一枚枚棋子从空白的棋盘上“生长”出来，密密麻麻地填满棋盘，相互纠缠和攻击，陡然间便有些恍惚：在这里已经多久了？十年？二十年？

每日每日，总是在这个几乎没有时空的地方，陪着对方下一盘永远都不可能赢的棋。

“嗒”，轻轻一声响，纤小的手指伸了出来，敲击在白玉的棋盘上。手指敲击的方格上，陡然间便幻化出一枚虚幻的棋子，直逼他的王座，让他的主棋无处可逃。

“又输了啊，”他无可奈何地笑了笑，声音在空荡荡的庭院里激起回声，他站起身来，恭谨地欠身，“神，今天可以到此为止了吧？”

“嗒”，没有回答，纤小的手再度敲在白玉棋盘上——所有虚幻的棋子在一瞬间消失，然后在棋盘最中间的位置，出现了一个新的白色棋子。

他刚刚弯下了腰，将白色的毯子覆盖在对方身上，看到那样的举动只好无奈地叹了口气，揽衣重新坐到了棋盘前。铁甲在白色大理石雕的高背椅上磕碰出尖锐的声音。庭院外不知某处，那首洞箫吹的《墟》还在缥缈地传来，让他再一次心神不定。

碧灵……碧灵。已经那么久了，你还在重门之外吹着这首曲子吗？

“嗒”，小小的手指再度重重敲在棋盘边缘，是在提醒他注意集中精力——“如果赢了，你就可以从这里出去。”

虽然已经不知道在这里待了多少年，那一句最初的承诺他依然牢记心中。

然而，怎么可能赢呢？一个人，怎么可能赢过……神呢？

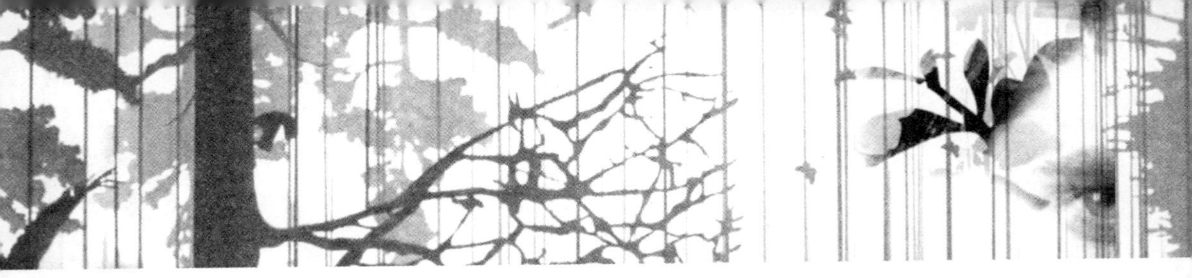

手指上凝聚了幻力，他茫无目的地信手回了一步，在白玉棋盘上敲击出一个新的棋子——那么多年天天和神对弈，虽然棋术未有长进，然而这一手幻力凝形已经练习到了化境。他完全不顾对方已经长驱直入的兵力，孤注一掷地逼向对方的王座。

那样自暴自弃的走法，反而让棋盘对面的女童破天荒地沉吟起来，小小的手指不再动了，下意识地敲击着棋盘的边缘。那稀疏的敲击声，在空白一片的庭院里发出奇异的节奏，仿佛有某种震慑人心的力量。许久，纤小的手指才抬起来，敲击出了新的棋子。然而他想也不想，只是把自己的棋子向着对方的王座更推进了一步。

若是七步之内吃掉对方的王，那便是胜利。

这种名为“璇玑”的棋，据说是他们幽国人创造出的，最初的来源是上古的神话。天神辟开了混沌之后，不满天宇之下只有海洋覆盖，就将天上的七颗星降落，大地上便按照北斗的排布生出了七个国家，每个国家都有不同颜色的土地——也就是如今云荒大陆上的钧、苍、玄、幽、冰、扬、朱诸国。

当然，自从三百年前冰国倚仗神之手的力量一统云荒后，其余的六个国家已经不复存在。有的，只是被目为贱民的六国遗民，以及高高在上的冰国人。曾经由七色土组成的云荒，完全只由同一种颜色一统——那是铁与钢的颜色。

“嗒！”在他再度恍惚的瞬间，纤细的小手更加用力地敲击着棋盘，提醒他集中神智。那苍白的手是只左手，只有他的一半大，宛如初开的白梅花，连皮肤下的血脉都是没有颜色的，纤弱而稚气。

当他的目光重新凝聚在白玉棋盘上时，赫然发现自己的王座又已经被对方占领。

“这次才用了三步啊……”他轻轻笑了起来，无所谓地再度站起来，将轻软的雪狐裘披上对方小小的身子，不由分说俯身抱起了她，“已经出来下了五局棋，您该回去休息了——不然长老们会担心的。”

坐在棋盘对面的是一个才十一二岁的女孩，苍白的脸，苍白的头发，苍白的表情，和这个庭院完全一模一样的苍白。白色的华丽斗篷罩住她幼小的身子，斗篷底下她脸上没有丝毫表情，也没有说话——直到对面高大的戎装男子俯身过来抱起她，她才微微皱了一下眉头，伸出拿过棋子的左手，撑在对方胸口的铠甲上，表示反对。

孩子那样的一推是没有丝毫力气的，然而高大的戎装男子却不敢再勉强，将她小小的身子放回到暖玉雕成的座椅上，叹了口气：“怎么，还要继续下吗？”

“嗯……”苍白的孩子仰起脸，带着空白的表情看着他。

他忽然间忍不住打了个寒颤——其实已经看过了很多年，早该习惯，然而每次看到这双眼睛，他依旧忍不住有心悸的感觉。

这个苍白的孩子，却有着一双完全漆黑的眼睛。

没有眼白，没有瞳孔，苍白的睫毛下，那双眼睛是一片的漆黑，完全看不到焦点、更看不到光彩，宛如一潭不见底的深渊。那么多年来，他和这个奇怪的孩子朝夕相处，却几乎没有看到她的眼里有一丝一毫的神色波动。而且，无数光阴匆匆流走，这张脸却丝毫没有改变——一直保持着女童的容貌，丝毫不曾长大。

甚至，连同陪伴的他，都不曾老去。

神便是神，只手可以幻化万物，凝定时空，岁月变迁对她来说根本没有影响。冰国人这样供奉着的，果然是足以统治整个云荒大陆的力量啊……目光相对的刹那，他陡然间便是一阵恍惚，仿佛自己在向着某个看不到底的深渊坠落。

奇怪……这样的感觉，在他第一眼看到神的时候便惊电般冲上心头。在他被冰国战士围攻、浴血倒在第九重宫门外时，抬头看到深宫内神之纯黑的眼睛，那个瞬间宁死不屈的幽国人低下了高傲的头——收敛了羽翼，磨去了锋芒，曾经天下无敌的剑士成了一个侍卫，在神的身边陪伴了她那么多年。

“怀仞。”忽然间，那个孩子居然开口说话了，叫他的名字，用细细的声音，“剑。”

第一次听到自己的名字在她嘴里叫出，恍然有一种奇异的感觉。然而只有他能听懂这个孩子奇怪的说话方式：那个奇怪的孩子，又要玩那个奇怪的游戏了。手下意识地按上了腰侧的佩剑，他退了一步，单膝跪地，恭谨地回答:“怀仞不敢在神面前拔剑。”

“怀仞。”华丽的白色斗篷下，那个孩子用漆黑的眼睛看着他，再次叫他的名字，缓缓地、将方才对弈时一直藏在斗篷里的右手抬起，平举，“剑。”

那只苍白的右手从斗篷中抬起时，仿佛被强光刺了一下，他下意识转过头不敢直视——在那只苍白的右手从斗篷内抽出时，仿佛有神奇的力量浮动，一切忽然间便有了颜色：房子显出了木的质感，假山也有了石的质感，庭院里的鲜花泛起了姹紫嫣红，树木绽放了鲜绿的色泽，沙漏里的沙子开始细细簌簌往下落着，计数着时间的流逝……原本空洞苍白的空间里，一切仿佛都活了过来。

神之手！那就是凌驾于苍生之上，号称神之右手的力量。

传说中，天神在创造云荒时用的是右手，如果造出的雏形不满意，则用左手毁去。右手幻化出了万物，而左手可以摧毁一切不该存在的东西。创造出了云荒天地后，天神

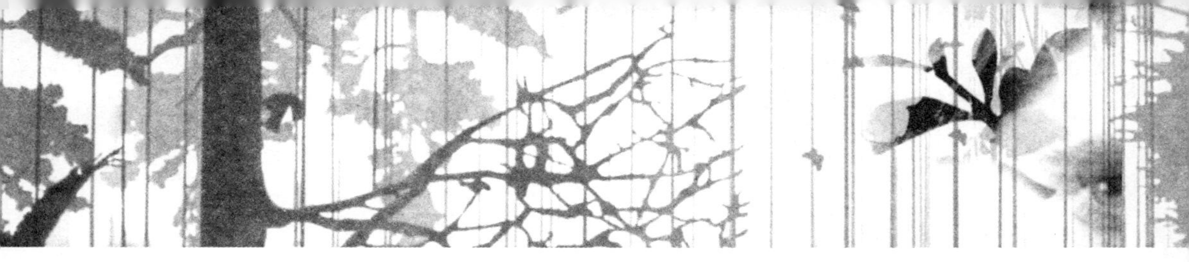

用尽了所有力量重重倒地。在神倒下的地方,出现了绵延万顷的湖泊,就是如今的镜湖。从天神的身体里诞生了一对孪生儿，分别继承了天神的两种力量：创世，以及毁灭。

那一对奇异的孪生兄妹拥有无上的力量，一直是云荒大地的主宰者。他们的力量维持着微妙的均衡，彼此消长，如日月更替。

直到三百年前，随着云荒大地的空前繁华，人心的堕落腐化也开始加剧，破坏神的力量随之增加，哥哥迅速地长大起来，成为可以摧毁一切的邪神。而彼此消长中，妹妹创造的力量却开始衰微，身体萎缩到了婴儿的状态。哥哥将妹妹囚禁在了西方尽头的空寂之山上，然后开始肆无忌惮地破坏一切。

力量失衡，云荒七国中爆发了大规模的战争。那一场打破浮华梦的战争延续了百年，死亡的人无可计数，云荒开始出现一片萧条寥落的迹象。

然后冰国出现了一个叫做御风的英雄，他孤身前往空寂之山，破开了封印，将创世神从禁锢中解救出来，并在神之右手的力量支持下击败了破坏神，将其永远封印在了空寂之山。从此，云荒进入了新的生息时代。神之右手展现出无边的力量，幻化繁衍万物，修补天地的裂痕，让大地上所有居住者休养生息。

得到了神之右手的帮助，冰国从此一跃成为七国中最强大的国家，并逐步吞并了其余六国，称霸云荒至今已经三百年。那位带领天下人封印了破坏神的英雄成了统一云荒的一代明君。成为帝王后，御风第一件事情便是在国都内兴建了一座有九重高墙的离天宫，将创世神从空寂之山上迎入，在离天宫中恭恭敬敬地供奉起来。而御风皇帝也居住在这个隔绝了一切的离天宫里，有生之年从未离开一步。

不知什么原因，独居离天宫内的御风皇帝终身未娶。在他死后，因为皇室血脉没有继承人而爆发了内乱，门阀贵族纷纷举兵厮杀，想夺到王位。内乱持续了三年，繁荣的云荒重新出现了一片萧条的景象。

最后，神谕出现了——全天下的民众在一夕间做了同一个梦：离天宫内，莲花玉座上一只玉石般美丽的右手缓缓抬起，凭空划了一个“停止”的手势。

顾忌着离天宫内神之右手凌驾一切的力量，冰国门阀贵族在激烈的争执后作出了妥协：按照在国内的地位高低，推举出了六位长老，组成元老院统治这个大陆。此后三百年，冰国国民成为云荒中最骄傲和高贵的人，将其余一切战败属国的人民都视为奴隶——完全忘了在破坏神统治大陆的岁月里，他们也曾并肩战斗。

神之右手，就再度成为传说，湮灭于这个人世间。

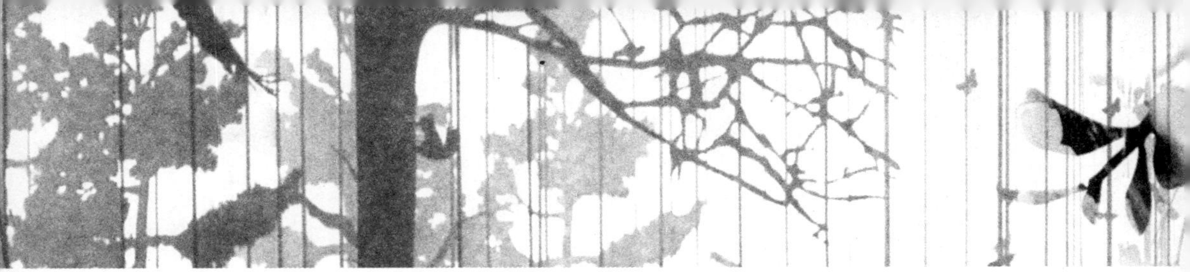

云荒大陆上没有人再见过那个创世神，六国遗民却相信神之右手一直在庇佑着冰国人，才让这样铁血的统治延续了三百年，让无数属国贱民的哀号无法上达天听。

御风皇帝……那个名字在怀仞心中掠过了千百遍，每次念及这个众口相传的名字，脑中便是一阵剧烈的疼痛，让他无法再想下去。

那个毕生未娶、孤独终老的一代明君，内心又是怎样的世界？

那只小小的手从斗篷中抬起，伸向他，虽然没有动用神力，然而整个空白的庭院已经开始发生奇异的改变——那是神之手幻化万物的力量。

这个被六长老重重保护起来的禁地里，居住着依然保持着孩童面目的创世神。

“那就如神所愿。”怀仞上前俯身将那只冰冷的小手按在额头，轻触，退后拔剑起身。他的佩剑是银白色的，剑脊上有一道闪电般的痕迹。剑光犹如闪电割破这个凝滞的空间，纵横飞舞——怀仞曾是幽国最出色的剑士，也是如今无数遗民心中景仰的英雄，那样的身手说明了他的盛名的由来。

苍白的孩子静静地看着舞剑的戎装男子，漆黑的眼睛里没有丝毫表情。舞到最急处，她缓缓伸出了手，十指苍白纤细如花瓣。

怀仞的剑蓦然如同惊电落下，斜斩过女童的身体，由肩至腰，毫不留情地一掠而过，血如同喷泉般涌出，发出咝咝的响声。

“呀！”仿佛欢跃般地，那个苍白的孩子发出了惊喜的叫声，伸出手去，请求继续。

利剑急斩而来，准确而狠厉，一剑剑劈开她的身子，将女童小小的躯体割裂。庭院墙外的洞箫声还在继续传来，却带了一些慌乱和急促，那一首《墟》吹得支离破碎，伴随着庭院内纵横的剑光，将女童切割得支离破碎。

“呀，呀。”然而一剑剑刺入身体，孩子漆黑的眼里却发出了难得的光彩，长年沉默的嘴里吐出欢喜的叫声，丝毫不觉得苦痛，对着剑士伸出手去，仿佛要求更多。

“嚓”，一剑斩下，切断了那一双小小的手，如同枯萎花瓣一样凋落。

怀仞一个急斩后，踉跄后退，用剑拄地，看着地上那一堆模糊的血肉，不住地喘息。那并不是体力上的衰竭，而是一种筋疲力尽的倦怠——能在创世神面前挥剑，问整个云荒，也只有他一个人吧？然而，那又是怎样的一种令人恐惧绝望的事情。

几十年来，要每一日持续地对一个孩童的身体挥剑凌迟！

“呀……”心满意足般地，那一双漆黑的孩子眼睛里发出了光，吐出低低的叹息。那一只被斩断的右手掉落在地上，忽然一跃而起，回到了滴着血的躯体上，迅速接合！

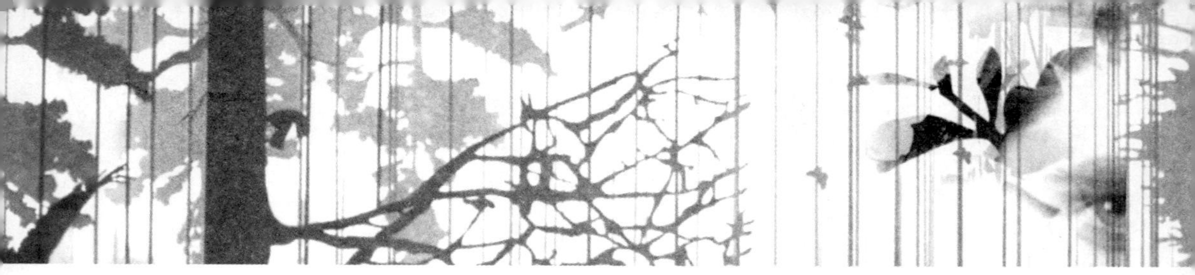

然后，宛如落花返枝，那些被切割得零落的躯体一块块自动拼合起来，慢慢恢复人的形状，滴落地面的血一滴滴反跳而出，回到腔中——甚至连那一袭被剑气切割得零落的白色斗篷，都仿佛被看不见的针线缝合了，一块块拼凑起来，毫无痕迹。

游戏终于结束——这样奇异的游戏，陪伴着神的岁月里，不知进行过多少次。

“可以回去休息了吧？”怀仞筋疲力尽地闭起了眼睛，忍住心中强烈的呕吐感觉，对那个刚刚回复原形的孩子说，“再不回去，长老们要怪罪我的。”

刚把最后一滴血收回，拼凑回来的苍白孩子沉默地点了点头，将手藏回了斗篷里。她的手刚一藏回斗篷下，所有的色彩都消失了——依然是空白一片的庭院。白的房子，白的地面，白的家具，甚至白的假山，白的树木，白的喷泉……白纸一般毫无生气。

怀仞俯下身，将雪狐裘覆盖在孩子娇小的身体上，抱起了她。

那样的轻，仿佛羽毛般没有重量——一个可以只手创造整个天地的神，居然会轻得让人可以一手抱起？在孩子冰冷的手攀上他脖子的瞬间，怀仞陡然又是一阵恍惚。

似乎方才的毁灭性伤害带了说不出的快感，孩子漆黑的眼里依然有欢喜的光，紧紧抱着怀仞的脖子，将冰冷的小脸贴在胸前的铠甲上，有些恍惚般地，孩子嘴里吐出了两个字：“哥哥……”

将孩子抱起的他陡然一惊，他懂那两个字背后代表着什么样的杀戮、黑暗和血腥。

三百年前合云荒所有国家以及神之右手的力量，才将破坏一切的杀神封印入空寂之山，换来了云荒至今的和平——然而，作为创世神的她，居然在怀念那个破坏神？

游疑地抱着怀中小小的孩子，转身的刹那，他的眼角跳了一下——墙外的箫声断了，那一首本已支离破碎的《墟》，彻底地断了！血的腥味浓浓地浮动在空气中，刀剑交击的冷锐响声回荡在门外。

这里，是冰国的离天宫，也是整个云荒大陆上戒备最森严的地方。

为了让创世神不受到任何外来干扰，历代的元老院在这里投入了大量的人力物力，简直将这个行宫建成了固若金汤堪比要塞的地方。

然而有谁……居然闯入了这个禁地，并一直杀到了门外？

还不等他走入廊下，白玉的大门轰然倒下，碎裂成无数片。

伴随着碎玉出现在门口的，是一位黑衣的刺客，应该是经历了无数恶战才杀到这里，全身是血，一剑劈开了最后一道屏障，剧烈地喘息着。眼睛闪着雪亮的光，看向这个最高的机密的地方，喘息着大呼：“创世神！我要见创世神……我要见创世神！”

—刺客—

“咦？”蜷在怀仞胸前，那个孩子也看到了那位不速之客，却没有丝毫的惊讶，漆黑的眼睛里露出了欢喜的神情，拉拉怀仞的领子，奇异地笑了起来，“来了。”

“神，请稍息。”怀仞的眼角扫过那个黑衣少年，淡淡说了一句，小心翼翼地俯身将孩子放回到了白玉座椅上，回身将手按在剑柄上，冷冷看着来人。

那个刺客有一双冷而亮的金色眼睛，虽然满身是血、却依旧射出不服输的光，手中的长剑滴滴答答的全是血——是幽国人吗？看到那一双眼睛的时候，怀仞淡定如岩的手震了一下。接着他的视线迅速落到刺客手中的剑上，在看到染血剑脊上那一道一模一样的闪电状痕迹时，他几乎忍不住要脱口低呼。

“怀仞。”耳边忽然传来了声音，叫他的名字。那个孩子坐在玉座上，看着闯入的黑衣少年，忽然轻笑，“眼睛。”

“……”听到神的口谕，向来无条件服从的剑士却破天荒的迟疑了一下，手已经按上了剑柄，却没有拔出，只是挡在玉座面前，看着这个几十年来第二个闯入离天宫的刺客。

金色的眼睛……也是来自极北处幽国的人吗？剑身上那道银白色的痕迹，是……？

“眼睛。”身后传来是孩子毫无温度的声音，冷漠无情。

怀仞一震，不能再想，薄唇一抿，手腕发力，一剑便刺破了空气——他的目标不是刺客的心脏或者咽喉，却是直取对方的双目！

神说，要这个幽国刺客的眼睛！

显然没有料到从三千铁甲中破围冲出，这个离天宫最深处却还有这样的剑士，黑衣少年微微一惊，但身手毕竟矫健，在力战之后还来得及迅速反应，身子陡然如同折断般后仰避开了那一剑，同时手中长剑直指怀仞的心口。

怀仞竟然不闪不避，第二剑依然刺向对方的双眼，速度快过闪电。

刺客喘息着，略微有些吃惊，然而迅速作出了判断——哪怕拼着毁了一双眼睛，他也要击败面前这最后一道障碍，去到创世神面前！三百年了，天下苍生如入火窟，有多少话想对神祈祷，有多少不平想让神听见啊！自从背负幽国所有人的希望，孤

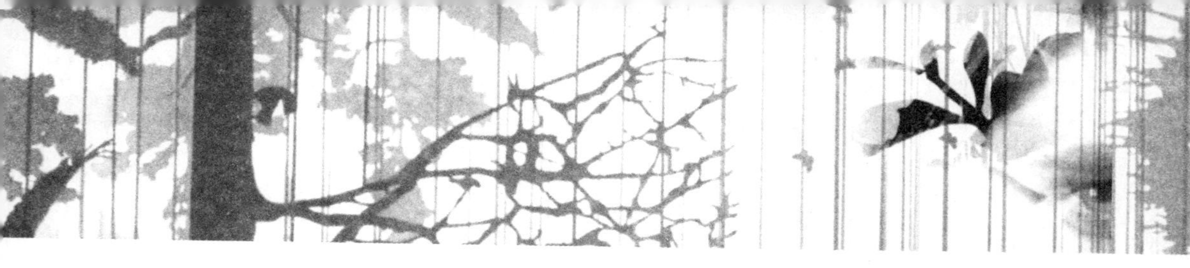

注一掷地闯入离天宫开始，他早将生死置之度外。

怀仞看到黑衣少年这般不顾一切的剑法，脸上陡然掠过一丝叹息。仿佛对于少年的剑法洞若观火，他根本不躲，只是微微偏开了一下身子，便精准地避开了对方的攻击，手中薄而锋利的剑轻轻一转，剜向那双冷光四射的金色眸子。

只是一个刹那，怀仞的剑刺破了刺客的眼睑，而同时刺客的剑也刺破他的铁甲，切入他的心口。然而正如怀仞计算的那样，那一剑在后仰中刺来，在刺破铁甲的刹那剑势已尽。

——那样的精准，妙到毫巅。

这个深宫里守护着神的剑士，居然对来人的剑法了然于心到这种地步！看着疾刺而来的剑，黑衣刺客脸色苍白，脱口："是你？是你？！"金色眼睛的少年看着剜向他眼睛的那把长剑，看着剑身上一模一样的银色闪电状痕迹，目眦欲裂，"怀仞！是你！"

然而怀仞的手丝毫不缓，薄薄的剑尖刺入刺客的眼角，挑出。血从眼里流出，划过少年英挺的脸，眼里没有任何表情。

"是你！"刺客直直看着离天宫最深处守护创世神的剑士，忽然大笑起来，身子猛然直起，竟是将自己的眼睛往怀仞剑尖上送去，"拿去！"

将头颅撞向长剑的刹那，刺客手里的剑也同时刺出，不顾一切。

显然也没料到对方这样疯狂的举动，怀仞刹那间竟然下意识地撤剑后退——一流的高手交锋，气势稍馁便是败局。刺客的剑转瞬便从刚才铁甲破口处透入，直刺入他心口。他来不及退，感觉心脏陡然一冷。

然而就在刹那，怀仞手里的剑尖已经挑出了那颗金色的眼睛，完成了神的口谕。

——已然是两败俱伤的局面。

然而，在血从心口和眼眶流出的刹那，仿佛有一种无形力量逼迫，涌出的血珠居然转瞬倒流回了伤口内！

性命相拼的两人同时都想催加手上的力量，然而发现力量忽然间被奇迹般地从身体里抽空了。身体完全无法动弹，就仿佛连着这个雪白的空间一起、被某种神秘的力量凝定了！

眼角的余光里，怀仞看到了那只苍白纤细的小手正缓缓抬起，指住了他们。

“神。”不明白创世神的想法，怀仞在心底诧异地轻问了一声。

女童笑了起来，那个表情在孩子脸上显得有些奇怪，她忽然从玉座上消失，在下一个瞬间就出现在两个执剑人之间，漂浮在半空，低下头，用漆黑的眼睛看着黑衣刺客——那样全黑的眸子，让那个天不怕地不怕的黑衣少年额上陡然冒出了细密的汗珠。

“眼睛。”创世神嘴里忽然吐出了第三次低语，轻轻垂下手，用纤细的小手抚摸着刺客已经被刺瞎的那只眼睛。黑衣少年下意识地闭了闭眼睛，感觉冰冷的手触摸在他的眼睑上，尖利的指甲划着他被剑刚割出的伤口。

“眼睛。”孩子的面容上陡然有不相称的萧瑟表情，创世神的手轻轻抚摩着那颗金色的眸子，将它放回破裂的眼眶——在那只纤细的右手抚过的地方，刹那间肌肤复原，血流停止，那滴着血的金色眼珠，重新闪烁在少年苍白的脸上。

怀仞忽然间不出声地舒了口气——他居然忘了……神之右手是没有杀戮的力量的，最多只能守护和创造。

“眼睛。”轻轻叹了口气，创世神瞬间回到了怀仞臂弯中，勾着他的脖子蜷在他胸前，回手按在他的心口上——只是轻轻一按，被刺破的心脏陡然完好无损。

“感谢神。”怀仞按例低声回答——他是这个云荒上离神最近的人。离天宫里，他从未想过自己的生命会有什么危险。所以刚才对付这个刺客的时候，不知道是托大还是故意手下容情，他只是以纯粹的剑术来对付这个闯入的黑衣少年，而没有动用任何一种术法。

金色的瞳子里映出女童空无的表情。然而那纯黑的眼睛没有一丝表情。

“创世神？……你、你是创世神？”被血污的视线重新清晰起来的时候，黑衣刺客看到了面前的孩童，震惊地脱口，“你就是创世神？”

“对神请使用‘您’的敬称。”那个高大的剑士淡淡开口，一只手抱着孩子，另一只手却始终握着那把银色的剑，剑尖上刺客的血尚在缓缓滴落，流过剑脊上那道白色的闪电痕迹。

那道痕迹宛如真正的闪电一样，刺入幽国黑衣少年的眼里，他只觉有烈火在心底燃烧起来，热血如沸——

和所有遗民一样，他对那个故事耳熟能详。

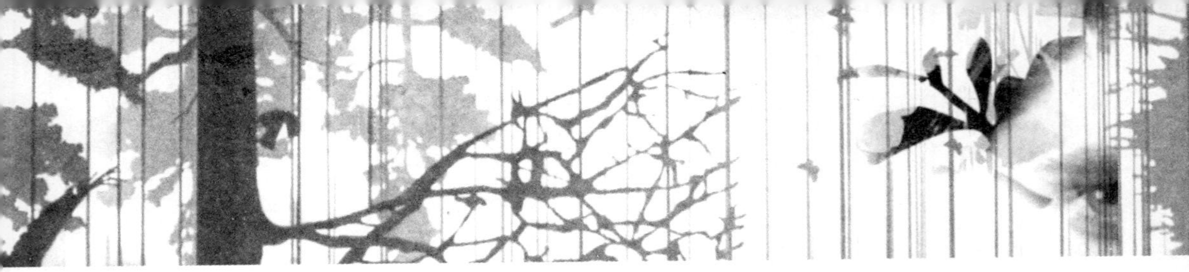

五十年前，云荒第十一代剑圣门下最出众的弟子怀仞、冲入离天宫内去见创世神，为天下苍生请命，结果一去不返。据说他杀入了九重门后的神殿，最终却被六长老联手截击，力竭而死。他的家人也一夕之间消失于云荒大地——和怀仞相关的一切都凭空消失了，留下的只有关于英雄的传说，辗转于六国遗民耳侧，激励着一代又一代青年遗民奋起抗争。

然而他怎么都没有想到，在这个离天宫最深处的神殿里，会遇到传说中的英雄！这个被所有幽国人都认为是死在五十年前的第一剑士，居然成了冰国的走狗！

“呸！”一口啐在地上，刺客忽然轻蔑地看着面前的男子，冷笑起来，“叛徒——你也配拿这把剑圣门下的光之剑？”

握着剑的手不易觉察地一震，怀仞没有回答，他怀里那个女童也没有说话，只是用纯黑色的眼睛静静看着眼前这个黑衣刺客，又转过头看看怀仞，嘴角忽然微微浮出一丝笑意。

“你是剑圣门下？你把九重门外的守卫都杀了、才进入这里的？”怀仞打量着这个浑身浴血却尚有余力的刺客，微微有些吃惊——冰国守卫九重门的战士各个都非泛泛之辈，无论武学还是术法都可独当一面，当年他杀到第九重门前便已力竭。然而眼前这个同门剑术造诣显然还不及当年的自己，却一路杀入了离天宫甚至尚有余力？

“当然。”黑衣少年傲然抬头，轻蔑地看了一眼怀仞。转瞬屈膝对着创世神跪下，流着血的手重重拄到了地上，俯首大声祈求：“第十三代剑圣门下弟子玄锋拼死前来，为六国遗民求见创世神！请神出手救天下苍生于水火！”

女童的眼睛眨了一下，没有表情。

“冰国凌虐遗民，鱼肉百姓，祸害胜于破坏神当年——请神之右手解民于倒悬！”第一次的祈求没有得到回应，刺客玄锋心中陡然一怔，重复了一遍。

他并不想看到这样的局面——创世神，居然不回应遗民的请求？难道正如遗民悲愤的传言那样：神早已遗弃了六国遗民，只被冰国极尽荣耀地供奉了起来？

神遗弃了其他种族，只庇佑冰国吗？

创世神孩童的面貌上依然没有丝毫表情，漆黑的眼睛看着跪在地上的幽国剑士，隐约有猜不透的笑意和冷意。小小的左手勾着怀仞的脖子，右手却藏在怀里。

“玄锋请求创世神展现神力、拯救六国流离的百姓！”黑衣少年重复了第三遍——那也是他心里的底线——“破天”行动一开始，他和那些前往空寂之山的战士就约好：如果神之右手并不回应他们的祈求，那么他便拼了一死，也要不顾一切地弑神！

就算杀不了神，也要牵制住六长老，让前往空寂之山的战士们赢得时间。

最后一遍祈求说完的刹那，玄锋的手暗自握紧了长剑，吸了一口气，长身欲起。

“人是不可能弑神的。”忽然之间，一个声音清清楚楚地响起在空气里，女童微笑起来，漆黑的瞳子看着面前握剑的刺客——那是她说出的第一个完整句子，带着奇异的语调，静静地说：“你们的人，已经去了空寂之山接我哥哥吧？”

神吐出这样的诘问，让一直冷定的少年刺客刹那间脸色惨白。玄锋踉跄着后退了三步，几乎握不住手里的剑——神知道？神早就知道？怎么可能……他们六国遗民秘密筹划了那么久，才拟定了这个“破天”的计划。神居然在一个刹那之间就洞察了?！

一方面，作为剑圣门下的他前来帝都拜见创世神，祈求神的保佑，同时也牵引住元老院六长老的视线和精力；另一方面，六国遗民中的精英战士秘密集结，前往空寂之山的祭坛，准备打开封印，借助魔之左手的力量来推翻冰国的铁血统治。

那样严密的计划，本来该不会被人知晓——而创世神居然洞若观火。

听到“破坏神”三个字，连怀仞都大吃一惊，脱口而出：“你们疯了！你们想释放破坏神？”

“疯子也比叛徒好。”玄锋冷笑起来，看到这个同门的叛徒，少年心里依然是满满的杀气和鄙夷，“是冰国人逼我们的！与其忍受他们的苛政，还不如释放破坏神！”

“破坏神释放出来了，你们怎么可能控制云荒不陷入黑暗？”怀仞金色的眸子里有冷电，厉声呵斥，“你们妄图和冰国一起毁灭吗？你们要毁掉这个云荒?！”

“你有什么资格教训我？叛徒！”玄锋扬起头，睥睨地看着这个五十年前的“英雄”——也许是因为留在神之右手身侧的缘故，流逝的时间对怀仞没有丝毫的影响，如今本该是老人的他依然保持着和冲入离天宫时一样的外貌，年轻英武，和面前比他小五十岁的黑衣同门几乎一模一样。

——惟一不同的，只是目光中不复有玄锋那样的热血如沸。

“他当然有资格教训你。”出乎意料的，神的嘴角泛起一丝冷笑，“如果不是怀仞，整个幽国和剑圣一门，五十年前早从云荒大陆上彻底消失了。”

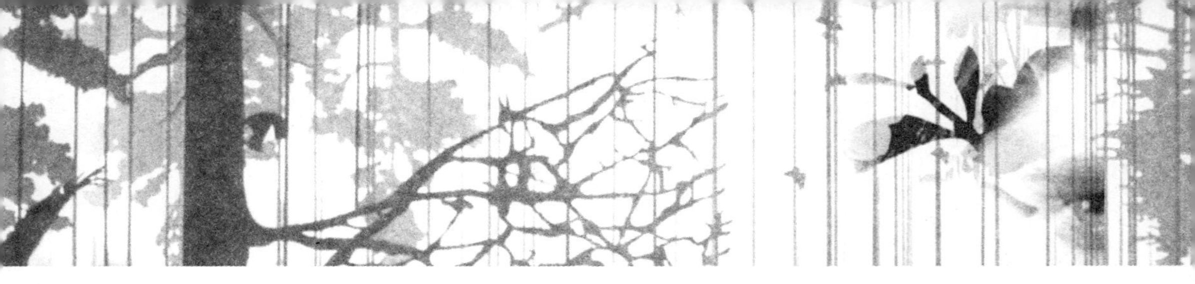

“什么？”玄锋愣了一下，脱口道。

“神。”怀仞似乎不想说下去，微微抱紧了那个女童——他没有想到一直寡言的神今日忽然如此多话，更没想到刺客闯入到现在外面的六长老居然没有赶来。

到底是出了什么事情？离天宫的守卫忽然间变得如此脆弱？

然而苍白的小手撑住他胸前的铠甲，创世神眼睛里浮出幻彩般的光芒，对着那个桀骜骄傲的刺客继续说下去，冷笑：“做英雄是要付出代价的……当年怀仞这个笨蛋和你一样，只凭着一腔热血冲入九重门，力竭被擒。在那时候，整个幽国遗民和剑圣一门就要有必死的觉悟——可当年怀仞失败后、为何你们还能活得好好的？你想过原因吗？”

玄锋忽然怔住——这个疑问几十年来并不是没有人提出过，然而始终没有答案。

遗民们纷纷猜测是怀仞在自知无望的时候早已自刎，冰国人从而无从拷问，所以也没有牵连到族人和同门。然而那分明是说不通的——怀仞的家人在一夕之间消失，冰国显然已经查到了刺客的真正身份。

然而无论如何，那次轰轰烈烈的刺杀终究没有引起冰国的严厉追究，无论是幽国遗民还是剑圣门下，几十年来依然在冰国的统治下平平安安地活着——境况虽然不可能变得更好，却也没有恶化得无法忍受。

“苟活也是要有代价的。”创世神漆黑的瞳子里透出冷笑。

玄锋猛悟，脱口低呼，看向怀仞——怀仞脸色也是苍白，默不作声地抱着女童握剑而立，淡淡看着几十年后闯入离天宫的同门，眼神复杂。那仿佛是面对着另一个自己的感觉，让剑士在五十年后再度陷入了恍惚。

“我免去了怀仞的罪，将他留在离天宫内——即使是六长老，也无法违抗神的意志。”创世神的眼睛是漆黑的，所以看不到任何表情变化，女童的声音却是不相称的威严和沧桑，“但是人世有人世自己的平衡规则——作为相应的对策，六长老将怀仞所有家人扣留，监视着幽国遗民和剑圣一门，若怀仞有丝毫异动，血便要成片流淌。”

“……”黑衣少年陡然说不出话来，讷讷看向同样握着光之剑的怀仞，许久，终于开口问，“真的是这样吗，前辈？”

幽国遗民和剑圣一门，之所以能活到如今，便是因为那个最优秀的前辈多年前便以身事敌？是当年怀仞屈膝臣服于神，才换来了族人和同门的平安？

“我不过是在接受我应得的……”然而怀仞没有承认，只是苍白着脸漠然回答，似乎五十年后豪情热血都消磨殆尽，“我根本不是什么英雄——那样毫无计划的莽撞只会给族人带来灾难。我不过是在为错误付出代价。”

“那不是错误！”玄锋忍不住，冲口而出，“那就是英雄！”

“真的英雄，不会只凭着一腔热血去做没有把握的事情。”怀仞眉梢挑了一下，看向年轻的同门，“至少，该像你们这样有了严密部署、才去赴死——我当年不过是一介莽夫，差点害死所有族人和师门。”

在黑衣少年回答之前，女童微笑起来了：“是的。当年的怀仞不过是一介莽夫，在此后的五十年里，他才称得上是英雄——能忍受在离天宫内陪伴我五十年，除了御风，没有第二人做到。”

“神。”怀仞叹了口气，对于创世神第一次的赞许不知如何回答。

——那还是神第一次开口说这么多的话。过去漫长的岁月里，除了下棋、冥想、练剑和学习术法，他几乎没有多少机会和神说话，哪怕开口听到的也都是几个字的回答。五十年了，陪伴在这样沉默的奇怪孩子身边，忍受着这样变化无常的脾气、种种匪夷所思的古怪癖好，换了其他人或许早已发疯。

然而他却在这个时光凝固的地方活了那么多年，甚至得到神亲自的指点，开始修习云荒大地上连六长老都无法得到真传的种种术法——他从来无法想象在那个孩童的躯体里，无所不能的神在想一些什么。

天意从来高难问，即使那么多年的相伴始终无法逾越人神的界限。

但是，不知为何，他的心却并不曾因此而荒芜枯竭，反而渐渐澄澈安宁。

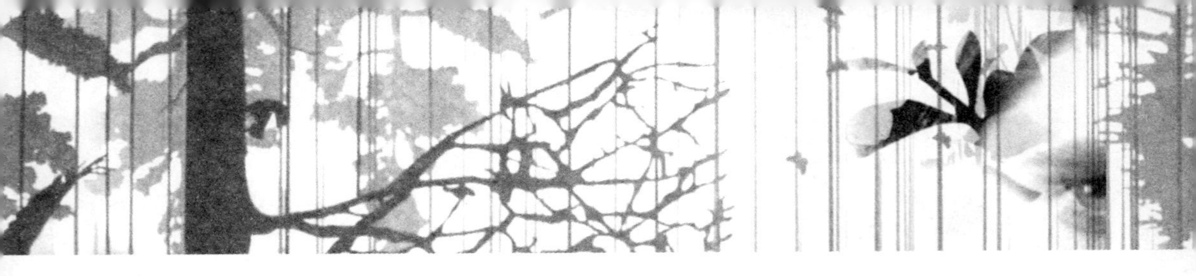

玄锋不知该如何说话，怔怔看着怀仞，眼光却从轻蔑转为炽热，跨前一步，冲口道："前辈！我们一起走吧！一起从这里杀出去！"

"嗯？"怀仞微微一惊。

"幽国人需要你啊，前辈！我们就要反叛冰族的统治了！我们已经去空寂之山释放破坏神了！"看到前辈这样迟疑的表情，黑衣少年热切地喊，金色的眼睛里释放出战意和杀气，"接下来要和冰国打多少仗？见到你回来，遗民们该有多高兴啊！太师傅——也就是前辈的师妹、女剑圣梅迩，这些年来独立支撑师门，一直念念不忘您……"

"梅迩……"怀仞眼睛闪烁了一下，只是垂下眼睛看着臂弯中的孩童。然而漆黑色的眸子里没有表情，创世神微微抬起眼睛看了一眼身侧的剑士，没有表示。

于是，怀仞也没有动。

"是顾忌家人吗？"玄锋看到对方那样的毫无表情，忽然间明白了，脱口叫了起来，"前辈，难道你还不知道？——几十年前、冰国就将你的家人杀了！"

"什么？"这一次剑士再也不能保持沉默，脱口惊呼出来，"不可能！"

"是真的！"玄锋也是寸步不让地争辩，坐实这个残酷的事，"冰国长老院早就下令将你的家人全杀了！头颅都在云荒巡回展示了好几个月！"

"不会的……不会的！"怀仞金色的眼睛里闪出了冷光，几乎带了杀气，"胡说！那首《墟》……那首只有碧灵会吹的《墟》，直到今天我还听到了！"

怀仞的手按在剑柄上，却有些茫然地看着破碎的门外："这几十年来，碧灵被他们逼着天天在重门外吹这首曲子，好时刻提醒我，决不能有二心……"

"没有啊！"那个瞬间玄锋因为惊讶而脱口打断了他，"我刚才杀入九重门的时候根本没看到有什么人在吹笛子！我也没听到乐曲声！"

"什么？"怀仞的身子猛然一震，"那不可能。你没听见？碧灵就在门外吹那首《墟》！"再也忍不住，剑士迈步走向那个破碎的白玉高门——那个他五十年来从未迈出一步的门。

“怀仞。”忽然间，一个细细的声音阻止了他，孩子小小的手凌空点出，只是一个眨眼、一扇新的门重新出现在原地，阻断了一切。

“不用看了。”缓缓收回右手，创世神孩童的脸上有不相称的悲悯表情，看着陪伴她的剑士，“所有人，包括你妹妹碧灵，确实在四十七年前已经死了。”

“神，你说什么？你说什么！”抱着孩子的手臂陡然无力，怀仞震惊地脱口而出，甚至忘了使用“您”的敬称。手臂松开的同时，女童悬浮在了空气里，静静看着剑士，点了点头：“是死了。早就被六长老杀了——虽然不能杀你，要诛灭剑圣一门或者灭了幽国也很麻烦，但必须要对天下有个交代，所以元老院决定杀你满门以儆效尤。”

“可是那一首《墟》……”怀仞茫然脱口道，依然坚持，“那首《墟》，只有碧灵会。”

“那只是一个幻音。”孩子漆黑的眼睛里没有表情，声音却是冷定得近乎无情，“——你要知道，六长老在术法上虽未得我真传，但使用‘镜’造出一个只有你听得到的幻音，还是能做到的。”

那样冷定的一句句分析，逐步将面前剑士坚定的信心一步步粉碎。

“神啊……”下意识脱口低呼了一句，怀仞忽然捂住脸无力地跪倒在白色的地上。五十年枯井无波的苦行生活后，猛然有利刃刺入心中——那样剧烈的刺痛感遥远而强烈，在他没有反应过来之前，已有热泪从眼中长划而下。

“怀仞。”悬浮在身侧的神轻轻叹了口气，伸出了左手：“怀仞。”

苍白的小手上沾染了热泪，创世神的眼睛却是悲悯的。

“神，您、您早知道了，是不是？”轻触脸颊的手有着奇异的安定力量，剑士终于可以开口，语声却依然哽咽，“您为什么不告诉我？为什么？”

“时候未到，告诉你徒添烦恼而已。”神的眼睛漆黑得看不到底，“在这个九重门内的离天宫里，你什么也不能做。你只是一个人质。”

怀仞全身颤栗，沉默了许久，不发一言。在玄锋都忍不住要开口的时候，剑士蓦然握紧了手中的光之剑，坚定地吐出了一句话：“我要出去。”

那四个字，让黑衣少年精神一振，脱口欢呼。

“怀仞。”神漆黑的眼睛看着他，却没有赞许或者反对的表示。

“我要回到幽国去。”怀仞握剑站起，铁甲发出刺耳的摩擦声，“怀仞空负一身剑术幻术，而家人死去，族人和同门都在战火中——我总要做点什么。”

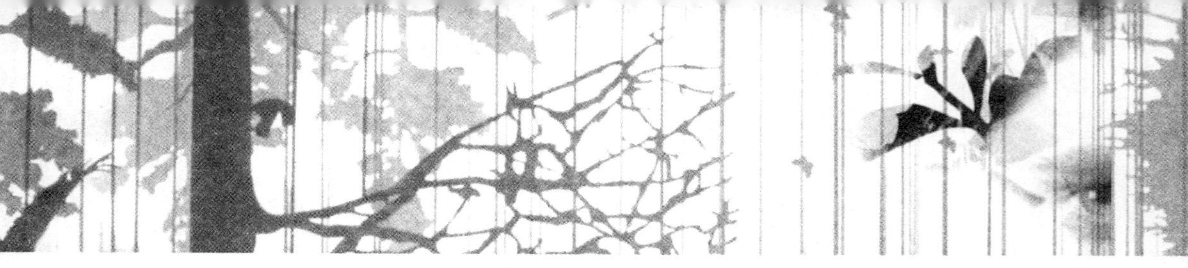

顿了顿，看着创世神全黑的眸子，剑士静静请求："请神允许。"

"如果……"孩童的脸上陡然有一丝奇异的笑，"我说不许呢？"

"那请神将赐予怀仞的所有全拿回去。"毫不迟疑地，怀仞回答，倒持着光之剑举过头顶，"包括五十年来传授的一切——以及这一条命。"

"前辈！你疯了？"玄锋陡然惊呼起来，长身扑过去想夺回那把剑，"她不同意的话，最多和她拼了！管他神不神，怎可任由屠戮！"

同门身形刚一动，怀仞眉头一皱，却是头也不回地一弹指，吐出一句低语，玄锋面前忽然便凭空凝结了一道透明的冰墙。那样的术法让玄锋目瞪口呆，他从未想过出自剑圣门下的怀仞前辈居然还会如此精妙的术法！

"神。"用一个咒术将同门阻拦，怀仞一动不动地跪在神座前，将剑举过头顶，"请饶恕我同门的年轻妄为。"

"……"纯白一片的庭院内，虚浮在空中的女童低头看着他，久久不说话。然而怀仞知道，哪怕他心中刹那间闪过的念头，都逃不过神的眼睛。

沉默中，空气似乎都凝结了，创世神的嘴角忽然动了一下，纯黑色的眼睛里有光亮闪动，"不自由毋宁死？人也是这样的啊……"

右手忽然再度从袖中伸了出来，按在怀仞肩甲上。

尽管知道神之手没有杀戮的力量，那个刹那剑士还是不由自主全身一震，然而耳边听到轻轻"嚓"的一声响，铠甲忽然间发出淡淡的金色光芒——只是一瞬，神之手居然将他身上那件密银铠甲强化变成了能抵挡术法和刀剑攻击的金甲！

"神？！"剑士震惊地脱口道，抬头看创世神。

然而手中蓦然一轻，神之右手拿起了他的长剑。小小的手抚过之处伴随着低低的吟唱，那把光之剑上闪电状的痕迹陡然发出了刺眼的光，整把剑凭空消失！——只是一个眨眼，长剑又重新出现在神之右手中。

然而那把剑已经不是原先的剑圣之剑，而成了一把介于无色之间的灵剑！

"这才算是真正的'光之剑'。"神低头看着自己幻化出的长剑，微微一笑，将剑放入怀仞手中，右手一点，那道白玉大门轰然洞开，"走吧。"

"……"怀仞说不出话，不知为何忽然不敢直视那漆黑的双瞳，"感谢神。"

金色的铠甲轻如无物，他轻灵地站起，却觉得脚步有千斤重。念动解锢的咒术，

那面冰墙陡然融解，玄锋踉跄着冲出，他过去拉住那个同门静默地转身。黑衣少年犹自恨恨地盯了一眼女童，不甘心地跟着怀仞走向门外，忽然低语："前辈……我们一起杀了神吧！"

怀仞猛然抬眼，冷电般的眼光如刀锋过体，让玄锋登时住口。

"走。"怀仞拉着同门，向着洞开的白玉大门走去——那是离天宫的第九重门，五十年前血战力竭的时候，自己便是倒在这道门下。之后的几十年，从未踏出过这道门一步。

"那只是冰国的神！"在往外走的时候，少年刺客恨恨说了一句。

怀仞的脸色复杂地变幻，却是毫不迟疑地拉着不服气的同门一直向门外走去，在脚步快要迈出大门的刹那低声道："但，也是我的神。"

说那句话的时候，他知道神会听见。

"什么?！"玄锋猛然一惊，就在刹那怀仞已经拖着他走过了那道门。

"你不会懂。"松手将同门放开，剑士低语，那个瞬间玄锋看见依稀有亮光闪烁在金色的眸子里——怎么会懂呢? 这个十几岁的热血少年，为了信仰而不顾一切的孩子，怎么会知道这五十年来他遭受过的一切? 就像一把开刃后所向无敌的剑，没有经过催折、回炉重铸，不曾经历过焚烧的酷烈、拆骨断筋的痛楚，如何能脱胎换骨地成为绕指柔。

——那时候，神为什么要将自己从六长老手中救回?

——而如今，神为什么要赐予自己力量却放自己回归于云荒?

——而创世神……那个有着幻化万物力量的神之右手，为何始终站在冰国一方? 难道真的是被长久地供奉在奢华的离天宫内，高高在上的神早已舍弃了其余六国遗民?

——神赐予他生命、力量、自由；拯救他、造就他，到头来，却要和他为敌? 难道将来某一日当他和族人一起杀入冰国的帝都伽蓝城，就不得不和神决战? 交在他手上的那把剑，到最后还是要挥向造就它的人?

"神！"终于忍不住，怀仞在门外停住，转身单膝跪倒，"为什么要留在离天宫? 这个云荒如今怎样，您不会不知道吧? 冰国人如今比破坏神还苛酷! 那是您当初创造云荒时所希望看到的吗? 为什么您还要留下?！"

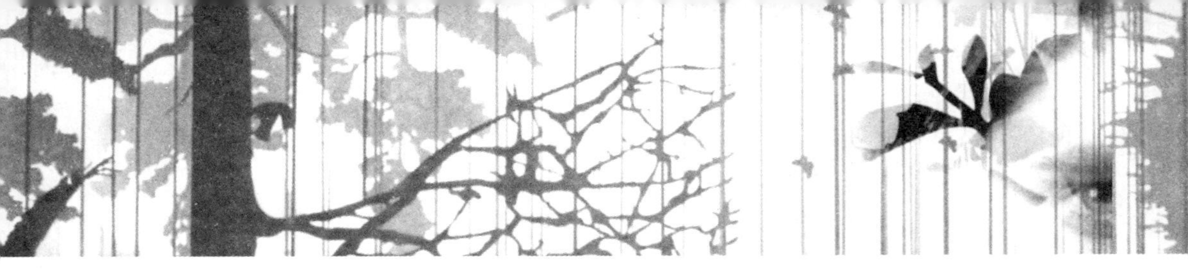

“怀仞。”门内的玉座上，那个孩童状的创世神微笑起来了，似乎丝毫不奇怪剑士的去而复返，眼睛幽深看不见底，“你想说什么？”

“请神离开离天宫，跟怀仞一起去空寂之山，阻止破坏神复活！”剑士终于开口了，“怀仞不敢奢望神庇佑遗民，但求神至少兼爱天下人，让我们和冰国公平地逐鹿云荒！”

“怀仞，你很会说话。”创世神微笑着，却是不置可否。

“神？”不明白那双漆黑眸子背后的想法，怀仞握剑低语。

“‘冰国人如今比破坏神还苛酷’——说得很对。”沉默片刻，女童的手轻轻敲着棋盘，将那个“王”拿起，仔细端详，“哈，你们人类是不是都以为封印了我哥哥就万事大吉？从此可以安然享受无止境的繁华——只要我不停地造出万物以养人？”

将那枚虚幻的棋子拿在手里，右手只是微微一动、便变成了一把滴血的剑！

“错了！天地有自己的生长和毁灭的微妙平衡——绝对的繁华只会带来更多的破坏和杀戮，”流血的长剑悬浮在神的右手指尖，孩童纯黑的眼睛里有冰雪般的表情，那种凌驾万物之上的语气陪伴她多年的怀仞还是第一次听到，“七国当年联手封印了我哥哥，便以为安享富贵——没想到最后，冰国人自己却成了破坏神。你们人类一手造成的后果，不能怪谁。”

“可是当年破坏神不是也禁锢了你？所以七国才联手和他作战！”玄锋冲口叫了起来，不服气，“后来御风皇帝也不是借助了你的力量，才封印了破坏神？——你别推得什么事都没有一样！”

“玄锋！”怀仞低叱同门，却听到神轻轻笑了起来：“更伶牙俐齿嘛——剑圣门下，怎么个个都像是辩士？”

顿了顿，不等怀仞开口，创世神手指一捻，剑和棋一起消失。

“哥哥野心膨胀，禁锢我，妄图毁灭天地间的一切——那是不对。天地的平衡是不能被打破的，无论神还是魔。”女童冷然回答，漆黑瞳孔忽然发出幽冷的光，右手在空中划过，空白的庭院刹那恢复了生机，“所以，我接受了当时御风的请求，帮助他打败了我哥哥——但我只是想恢复平衡。然而七国生怕我哥哥再度破坏云荒，居然擅自在空寂之山上设立了结界，封印了我哥哥！”

“怎么可能？”怀仞不可思议地喃喃脱口，“御风皇帝居然敢违背神的意愿？”

“人和神之间、并非不可逾越。”神微笑起来，意味深长地看着金甲佩剑的怀仞，“那时候我和哥哥剧战后陷入了衰竭——而御风……御风啊，我给予了他太多的力量——多到超越了一个‘人’所该拥有的。”

说到这里，女童苍白的脸上有奇异的笑，低声说：“怀仞，你会不会成为第二个御风呢？”

剑士浑身一震，然而不等他开口回答，神淡淡说了下去：“封印破坏神，动用了全天下的力量，当时衰弱的我暂时无力打开集天下人之力而成的封印，只有借助御风的力量。而御风雄才伟略依仗我赐予他的力量将云荒统一。其实，这也未必不是一件好事……”

“什么？！”想起冰国统一天下后遗民的遭遇，玄锋剑眉一挑，怒意不可抑制。

“你先不要急着反驳——”神冷冷反问刺客，“我问你，御风皇帝在位的时候可曾有半点亏待六国百姓？”

“……”刚要开口的玄锋被那么一反问，刹那哑口无言。

虽然痛恨冰国人，然而无论如何，从古老相传的说法中那个云荒第一位的帝王对天下一视同仁，的确不曾有半点亏待六国遗民。在开国皇帝在位的几十年里，云荒大地出现了空前的繁荣，不仅是冰国人，就是六国遗民都生活得丰衣足食。

“可御风皇帝死后、那个该死的元老院建立起来，我们就没有过过一天好日子！”玄锋顿了顿，还是不平地叫了起来，“两百多年了！多少次镇压和屠杀？难道创世神你就没看到那些血吗？你被供养在这个高高在上的地方，是不是都听不见那些哭声了？”

“我说过，‘生’和‘灭’的力量在天地间总是要保持均衡。我哥哥被封印，那么必然有另一种力量来完成‘毁灭’。”那样激愤的责问没有让神有丝毫动容，女童冷然平静地陈述，无情冷酷，“当年，你们七国人贪图荣华安逸，不顾我的警告将哥哥封印——这就是后果。”

“神，您要惩罚世人吗？”那样冷漠的语气，让怀仞忍不住震了一下，忽然豁出来什么都不顾，一口气将心里长久的怀疑说了出来，“但是那么多年来……您也未必快乐吧？您日夜不停地创造，以弥补冰国造成的越来越大的灾害。您耗费着太多的

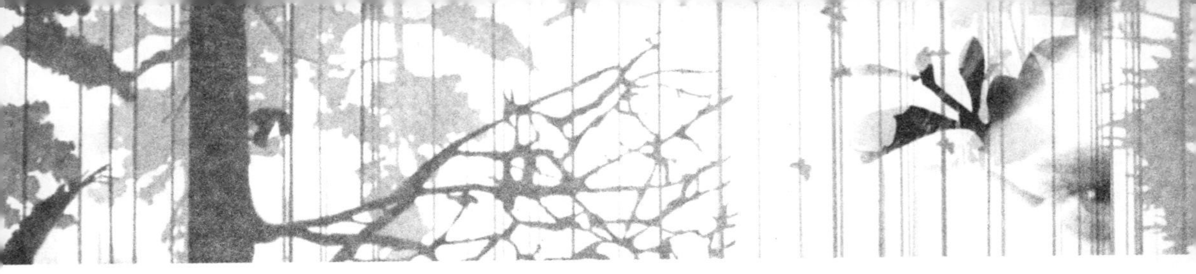

力量，所以外表一直维持在如今女童的形貌上——看着如今的云荒，您真的觉得无所谓吗？”

剑士的进言令女童漆黑的眼睛里蓦然有一丝冷光，创世神眉尖一挑，忽然冷笑：“真是大胆啊……居然敢窥测神的心意？怀仞，这些年来，是不是教给你的太多了？”

怀仞不敢回答，却只是低下头：“请神改变这个云荒！”

创世神没有回答，空白宽敞得近乎可怕的离天宫内，绝对的安静带着一种说不出的压迫力。不知道为何，九重门外一直安静，居然没有任何一位长老带着侍卫到来。侍卫的血还在空气中弥漫，破碎的墙和门堆了一地。

“没有我，你就不能扭转这个乾坤了吗？”忽然间，女童细细的声音响起来了，一手按在剑士的肩膀上，将另一只右手覆上他的额头，“五十年来，我教会了你那么多——几乎比我当年教给御风的都多……他能做到的，你不会做不到。”

“神？”怀仞震惊地抬起头，却对上了那双幽黑的瞳子，“您让我……让我……”

“人世有自己的流程。分久必合，合久必分——七国的事情，要由你们去解决。”苍白的小手覆盖在剑士高高的额头上，留下一个淡金色的六芒星烙印，神的唇角噙着一丝笑意，“是时候了……怀仞，我留了你那么久，能给予你的都已经给予你——你的力量已经是‘人’的极限。去做你想做的事情吧……莫要像御风一样逆了我的心意。”

“神，你是要怀仞当皇帝吗？！”玄锋看得发呆，此刻猛然明白过来，心直口快地喊了起来，眼神欢跃，“你给他额头印上了那个印记——和御风皇帝额上的印记一模一样！你是说怀仞的力量足够当上云荒的皇帝是不是？”

创世神的脸上掠过一丝微笑，收起了右手：“不，我只是把他的力量还给他。”

“前辈！我们快去空寂之山！”玄锋欢喜地跳了起来，迫不及待，“快去和大家说这个好消息！神说幽国人要成为新的帝王！这个云荒，就算六长老都不是你的对手了！”

被同门拉起，然而金甲剑士却忽然转身，担忧地说：“神，去了空寂之山，您希望我怎么做呢？要我打开封印，把破坏神释放出来吗？但以您现在的力量，能不能和破坏神抗衡？”

“哥哥被封印了三百年，应该已经极度衰弱……”女童脸上忽然有看不懂的伤感，“我想随着力量的衰竭，他可能萎缩到连‘形体’都无法维持了吧，我不会怕他。”

“我明白了。”怀仞长长舒了口气，握剑转身，最后行了一礼：“一切如神所愿。”

“去吧。”小手轻轻伸出来，指向重重宫门外依稀可见的天空，“六长老已经全赶到空寂之山了——你若去得迟了，恐怕六国的精英早已全灭。”

“什么？！”玄锋和怀仞同时脱口而出——刹那间，两人都明白了今日九重门的守卫为何如此单薄，而为何那么久了也不见六长老出现！

黑衣刺客更是震惊：“六长老早去了空寂之山？他们、他们怎么会知道！”

“他们怎么不会知道？”创世神微笑起来，眼睛看不见底，“六长老虽然没有我这样的洞察力——但人世有自己的规则。遗民里面不会没有叛徒，并不是每个人都像你和怀仞。”

“可是……既然元老院得知了这个计划，为什么玄锋还能闯到这里？”在乍闻噩耗的刹那，怀仞却比玄锋清醒——或许，只是多年的疏离让他对于族人和遗民有了些旁观的从容，“离天宫，不应该也有相应的防备吗？”

“当然有。”创世神微笑起来，手指轻轻点出，指向少年刺客，“不过，如若我要保护某个人，长老们就算布置了再多的守卫也是不堪一击。”

“神！”陡然明白玄锋是如何直闯九重门的，怀仞脱口低呼，“是您故意让玄锋杀到座前的吗？为什么？”

“我一直在等待。”黑色的瞳子里神光离合，却看不到底，“时间或许到了。”

“前辈，我们快走！”那样的话让玄锋心如坠冰窟，他一拉怀仞，反身便走。

怀仞和同门向着门外奔去，几步就冲到了白玉门外——然而刹那他感觉额头如同裂开般疼痛，仿佛有什么屏障瞬间被融化了，脑里有奇异的声音和图象翻涌而出。他隐约听到一个人在说话，感觉到那个人的喜怒哀乐，无数记忆如潮水般涌出。

那是……那是什么？那都是什么？！

“前辈？你怎么了？”玄锋惊讶地抬起头看他，忽然间惊呼，“你额头上！那个印记、那个印记在发光！你没事吧？”

“神！”然而怀仞没有理睬同门的惊呼，只是在门口立定，蓦然转身定定看着玉座上那个黑瞳的女童，神色刹那万变，“神？我……”

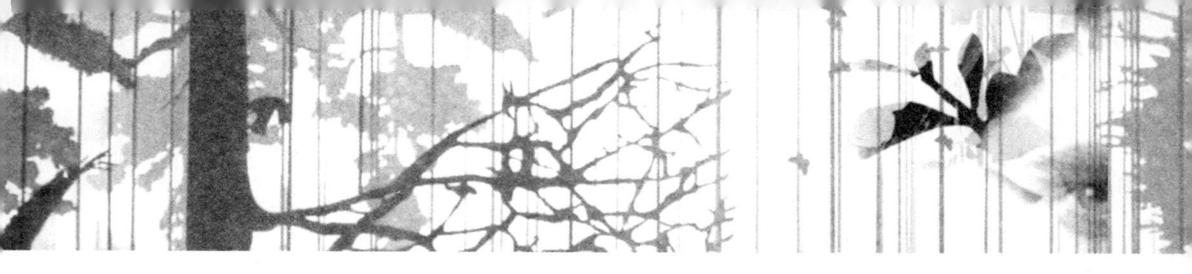

“呵……”创世神脸上同时掠过奇异的微笑，“想起什么了？”

“神！”金色的风掠过空旷的庭院，在玄锋尚未反应过来的刹那，怀仞已经扑到了玉座前，抱起了那个女童，神色恍惚之间已经没有顾上使用敬称，“我带你走！不要留在这个离天宫里……跟我离开吧！”

“你知道我无法离开这里。”玄锋目瞪口呆，然而创世神没有半丝惊讶，只是平静地回答，“你也知道是什么让我无法离开。”

“宽恕我……宽恕我！”怀仞忽然间捧住了头，跪倒在神面前，手指缝里透出额心烙印的光——那个瞬间他什么都想起来了，汹涌而来的记忆让他几近失声，只是崩溃般地跪下，反复喃喃：“神，宽恕我。”

“我宽恕你。”女童微笑起来了，垂下手按在剑士的肩上，“我早就宽恕了你——只是你自己无法宽恕自己吧，御风？——所以几生几世了，还要回到这里来。”

御风。那样轻柔的称呼如同梦幻般吐出，在那只幻化万物的手按在他肩上的刹那，无数记忆的碎片随着汹涌的洪流从潜藏的心底涌出——那是多少年前尘封的回忆？若不是额上那个封印再度打开，自己一定是永远不会再想起来……

一切终于都恍然明白了。

当年血战力竭在第九重门外倒下时，看到门内玉座上那个孩子漆黑的眼睛，自己刹那间为何竟然有那样的震惊；

而创世神——那个漠然凌驾于云荒变动之上的神祇，为何会出手干扰人世，从六长老手里救下区区一个幽国的刺客；

甚或，在这样长久的幽禁岁月里，为何自己心里从未感觉过烦躁和绝望，只是平静安然，平静中甚至感到隐秘的欣悦和满足。

一切，原来就是如此——他便是御风皇帝。是他禁锢了创世神。

而将神留在离天宫内便是他前世不顾一切的愿望。

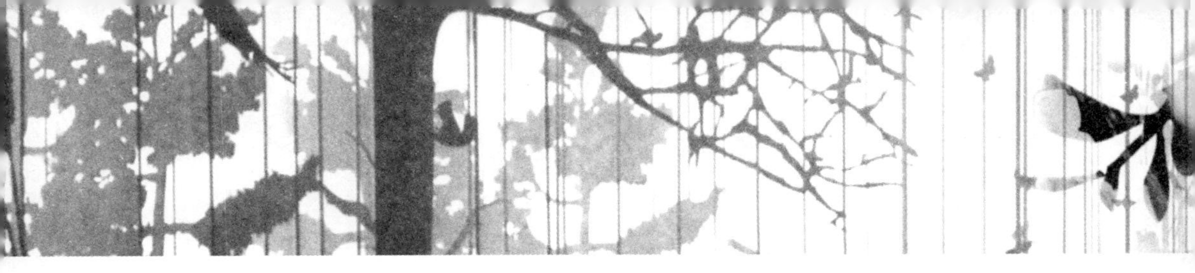

“怎么、怎么了？”那样突然的转变，让幽国年轻的刺客大吃一惊，只看着怀仞忽然间跪倒在玉座前，用手捂住额头，语无伦次地请求宽恕，玄锋脱口惊呼，“前辈，你怎么了？”

是中了什么术法？——还是神又耍了什么花招？

然而不等玄锋动手，怀仞霍然长身而起：“神，我这就带您离开这里！”

“你无法带我离开。”然而神黑色的眼睛里有平静的光，回答，“你做不到。”

“不可能！”怀仞金色的眸子里闪过冷光，厉声说，“九重门的九个‘非天结界’是御风三百年前结下的——他能结下，我一定能破开！我要带您走……您已经被幽禁了三百年！”

那样幽禁的痛苦，他已经看了五十年——因为失去了作为破坏神的哥哥，右手的力量无法和左手达成浑然天成的平衡。在竭力弥补冰国暴政对这天地的损害时，神每日都在为体内力量的失衡而痛苦，最后不得不借助于他剑上杀戮的力量，劈开她的躯体，借着损伤来回复失控的平衡。

那样每日死去一次的痛苦，他已经看了五十年。

因为当年一时的狂妄和贪心，他竟然不顾一切地将创世神禁锢——然而，多么可笑……出于那样的初衷而强行冒犯天意，到最后却是要亲手一次次地去杀戮神！

“你的确比御风强……”神的眼睛是幽黑的，话语却是平静，“但是这九重结界存在了三百年，其间不断被元老院用各种术法加固——三百年后，这九个结界的力量，已经超过了你当年布下它时的想象。”

“怎么可能？”怀仞脱口惊呼，猛然奔回那扇空荡荡的白玉大门前，手中光剑闪出了耀眼的金光，一剑就击在虚空里——在玄锋莫名睁大眼睛的刹那，凭空起了一声刺耳的交击声。那个空无一物的半空忽然凝聚出了密密的罗网，万字形的花纹连绵不绝，宛如看不到头的锦障，将那把力量无边的金色长剑裹住。

黑衣少年看着半空中那道诡异的透明罗网，脱口惊呼。

那便是困住神的结界——虽然对于凡人毫无作用。

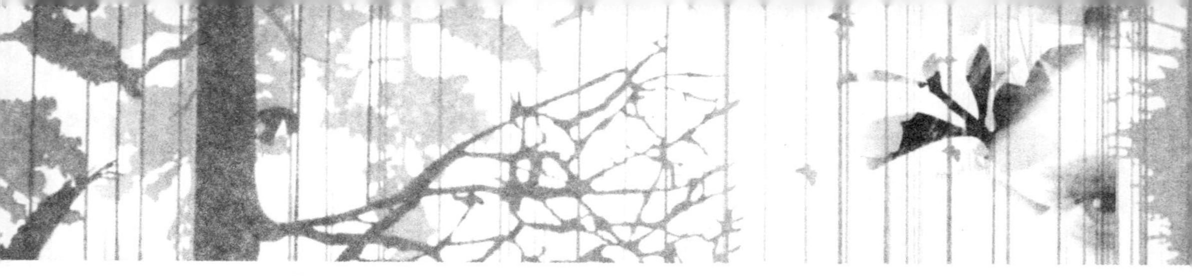

“御风终究是个凡人，只在这离天宫里留了五十年……驾崩之后，权杖落到了元老院手里。”看怀仞用尽了所有方法试图破除那道百年前的结界，神的语气却是平缓漠然，“为了长久拥有神祇，六长老加固了这些结界，试图阻断我对于云荒外界的感知，而专心创造万物，以供他们享乐。”

“神……您还宽恕我？”怀仞的剑颓然从虚空中劈落，筋疲力尽，忽然苦笑起来，“因为我的缘故，这几百年来，您竟然被这些魍魉鼠辈控制！”

“人都会有罪——那是不可避免的。”漆黑的眼睛里没有丝毫表情，神静静开口，“人心有各种欲望：权势、地位、金钱、虚荣、独占、操纵……御风终究是个人，而我却给予了他太多的力量——那是我的错误。”

“不，那是我的罪……”看着孩童面貌的创世神，怀仞忽然避开了眼睛，喃喃自语，“我的罪。”

不知道再度回忆起了什么事情，剑士陡然低下头去，用手捂住了额头上那个金色的六芒星印记，语音奇异地颤抖，似痛苦又似绝望。

“如果是你的罪，那也是人世诸多罪孽中最可宽恕的罪……”女童忽然微笑起来了，抬头看着漫天的罗网，“御风错的不过是对神怀有凡人的爱罢了，而那种爱带着独占欲——他不知道既然万物都为我创造，我自然爱所有人，怎是他可以独占。”

“神。”怀仞无法抬头，只觉心底种种回忆激荡，犹如风暴呼啸。

那个瞬间，遥远而隐秘的回忆忽然复苏、混和在他今生的记忆中，让他不能呼吸。

那个曾孤身解救创世神的英雄少年，在和破坏神对抗的战争里赢得了天下人的拥戴，最终成为云荒的主宰——然而，拥有一切的帝君最终奢望的却是凡人无法得到的东西。那样的初衷，是出于人心无止境的贪欲，试图永远将世界之源的力量独占，还是并肩对抗破坏神时由衷生出的无法抗拒的爱慕？

这些都已经无法分辨……最终，几百年后他记起的，只是当时不顾一切的疯狂。

御风皇帝煽动七国百姓，借口破坏神会给大地带来毁灭，不顾创世神的反对强行封印了破坏神；他在伽蓝帝都内修建了高达九重的离天宫，每一重宫门外，都用凡人所能掌控的最高深术法设置了强大的结界——就在一统云荒、登基称帝的那一

年里，御风皇帝将依然衰弱无力的创世神幽禁在了九重门里的离天宫。

——那是他以一个凡人身份做出的不顾一切的渎神行为。

五十年来，御风皇帝深居离天宫内，侍奉神的左右，不曾离开半步——尽管远离所有人，尽管看不到神的一丝笑容、一句言语，然而那时候帝王却是满足的。然而，君临天下、无所不能的御风皇帝似乎忘了自己毕竟是个凡人，死亡之翼迟早要带走他——而神，却是与天地同在。

凡人如何能窥知天意……即使人间的帝王，又怎能拥有神。

在寂无人声的离天宫内，一天天的，那个曾经英武俊朗的少年逐渐衰弱、老朽，成为枯木般的白发老人——然而玉座上的神祇依然拥有那样冷淡而莫测的冰雪容颜，静静地注视着帝王的老去，黑瞳里流露出悲悯的表情。那样的神情让坐拥天下的伟大帝王绝望得几欲发狂——神分明有凝定时间的力量，却是听凭他衰老死亡!

在位的最后几年中，老朽的皇帝不顾一切地动用全国的力量，去寻求所谓的神人魔道、灵丹仙药，只想阻挡死亡的脚步，闹得平安繁荣的云荒人心惶惶，原本可光辉无瑕的一生也因为垂暮的举止而被冠上“昏庸”二字。

然而，即使如此，人力怎可抗天?

离世的刹那，他不甘地睁着眼睛，看到身侧那双黑色瞳子里露出深远的悲悯和哀怜。然而，神的眼里却并没有他毕生渴望看到的东西——是的，神是爱他的，但神的爱是如此无情而博大，在神的眼里，这个用毕生精力陪伴她的帝王和一只即将在霜降时死去的蝼蚁也并无区别。

怎么会这样……怎么会这样?

五十年啊……那么长的一生里，他再也不曾爱上任何人，把毕生的爱和时间都奉献在她的足下，她却一直如此的无动于衷?

意识开始涣散的时候，苍白的小手覆盖上了他额头那个六芒星的印记——那还是他解救出神的时候神赐予他力量的表记。低缓吐出的吟唱，祈祷着灵魂的彼岸转生——回想起来、在离天宫内那么长久的朝夕相伴里，居然还是第一次听到神开口说话。

“宽……宽恕我。”心境陡然一片清明，他低语，一生执迷的心魔终于刹那勘破。

“我宽恕你。”耳边忽然听到神回答，那个苍白的女童俯下身来，静静地拥抱衰

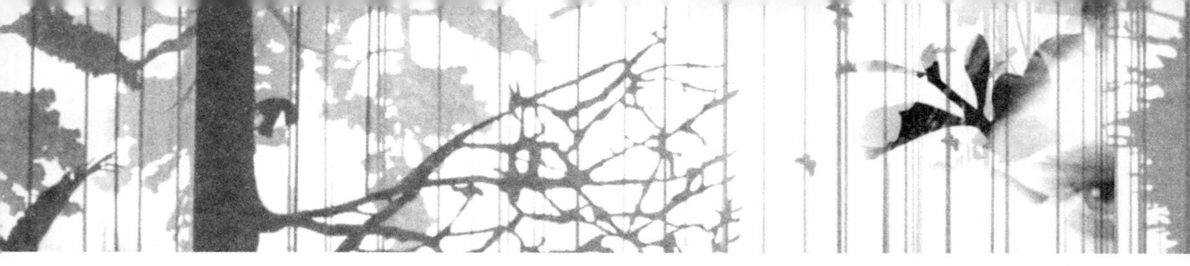

老的帝王。肉体死亡、灵魂腾空而起的瞬间，一统云荒的帝君眼角流下血一样的泪——那是他一生戎马征战中从未有过的泪水。

神可以宽恕，因为她拥有人所没有的东西：时间和永恒；

而他，即使想要赎罪，却已没有多余的生命。

三百年过去，他终于重新回到这里，跪倒在玉座前吻那只幻化万物的手，请求神的宽恕——宽恕由于他当年的狂妄和无知，给神祇和整个云荒带来的苦难。

“怀仞，”神的手冰冷如玉，小小的手指上带着一枚银色的戒指——他知道那便是神之右手力量的象征。那只手抬起来，指给他看九重门外的天空：“去到那里，把一切错乱的、颠倒的都回复于原处——让这个云荒，回到最初平稳繁荣的样子。”

“谨尊神的旨意。”金甲剑士轻声低语。

那个瞬间，心中惊涛骇浪翻涌而过，最终沉寂。

随后怀仞长身站起，拉着尚自发怔的同门，握剑一直后退到白玉宫门外。低声念动咒语，就在眨眼之间，被玄锋劈碎的白玉高门一块块从地上反跳回来，在虚空中拼凑、凝定，转瞬组成了完好的宫门。

“神，请等待。”用咒术将离天宫封闭，怀仞低语，“我将带着您所希望的一切归来。”

玄锋目瞪口呆地看着同门前辈——一直目中无人的黑衣少年第一次觉得云荒上存在着高出自己甚多的力量。等那道破碎的门恢复原样，不可思议地他伸手碰了碰大门——玉石的质感冰冷而坚硬。

“怎么……怎么做到的？”玄锋转过头，结结巴巴，“前辈，你不是剑圣门下吗？”

怀仞从第九重门前转过身，看到身侧年轻人同样金色的眼睛，忽然眼里有掩不住的苦涩笑意：“我当然会术法，很久以前我就会了……你并不知道我到底是谁。”

是的，他是遗民们众口相传的幽国英雄，却也是冰国开国的御风皇帝。

多么可笑的事情……多年以后，他必须回到这个起点、将自己前世犯下的所有错误一一纠正。那是神三百年前就预料到了的结局——就如五十年来下的有输无赢的棋，每一步，都无法逃出神的预计。

不想再被满怀疑问的少年追究，怀仞握剑大步走向重重深门。在走出最后一道门时，外面的阳光穿过高高的宫门，照射到了怀仞的脸上，他下意识抬手急挡——

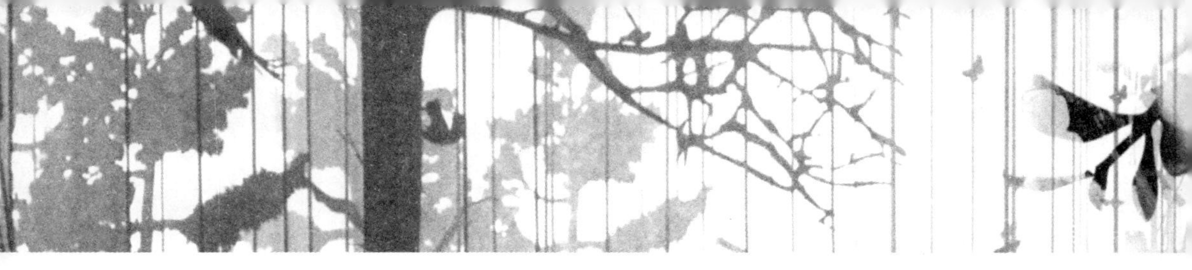

那样轻柔的光线却刹那间让剑士泪流满面。

“怎么了？”跟得正急的玄锋收不住脚几乎撞到了怀仞身上，诧异。

少年无法理解面前这个五十年没有见过阳光的男子的心情——怀仞用手挡住眼睛，让光线一分分透过指缝：新的世界展现在握剑而出的剑士面前。然而这个支离破碎的世界却是他一手造成。如今，他就要回来将它带入新一轮的急流。

“前辈，你在看什么？”适应了光线，怀仞却久久地伫立，直到玄锋沉不住气。

怀仞放下了手，金色的眸子里闪着光，回身看着九重门内庭院里伫立的雕像——那雕像是如此之巨大，在九重门外回头看去依然在最中心的地方俯瞰四方。

那是一座白玉雕成的巨大的神像——一对面容相似的神背向坐在蟠龙围绕的玉台上，外貌都是最盛年的男女：那便是传说中从开辟天地的天神体内分裂出的孪生兄妹：创世神和破坏神。女身神态安详、垂目举手，平举的右手心里有一处六芒星的印痕，其中悄然绽出一朵金色的莲花，象征着握有创世之源；男身扬眉怒目，左手持辟天长剑，拔剑出鞘，凌空欲劈，剑身上鲜血滴滴坠落，暗喻毁灭的力量。蟠龙缠绕在莲台上，吞吐着青色的宝珠。

那便是云荒亘古以来流传的故事——神之右手，魔之左手。海皇。浮于海上的云荒，四围都是龙神的领土，而大陆上、孪生的兄妹司掌着创造和毁灭的两种力量，平衡着天地，繁衍着万物，让这片土地上枯荣代代流转不息。

作为云荒最高贵和神秘的所在，离天宫内的神像也是巨大而奢华的，几乎倾尽了天地间的珍宝来修饰——创世神黑瞳用最珍贵的黑曜石镶嵌，据说是从碧落海最深处六万四千尺的深渊中打捞上来，琢磨而成。无论子民们从哪个角度仰望，都觉得神的眼睛正看着自己，深远得看不到底。

怀仞站在巨大的神像下静静凝望那美丽庄严的面容，一时间居然无法移开脚步。

那一瞬间，因为封印破解而复苏的前世记忆里，仿佛有什么东西同样复苏了过来——多少年前，御风皇帝也曾站在这里仰望着神祇吧？日月从慕士塔格背后升起，又从空寂之山落下，那个孤独的帝王一直站在这里凝望着高高在上的神像，从英年风发直至垂垂老矣。

那个瞬间，陡然有什么深切的刺痛一直钻到了心底，剑士几乎要跪倒在天地之间——俯瞰的狂妄，仰望的景慕，偏激的执迷，狂热的爱恋，以及最后那样深沉的

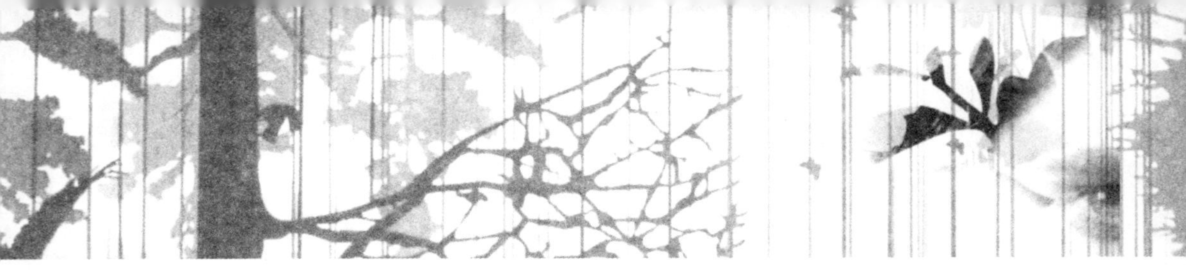

绝望……前世今生的记忆如同洪水汹涌而来，几乎将他击溃。

“前辈？”玄锋一直不知道到底出了什么事，小心翼翼。

金甲的剑士从胸臆里长长吐出一声叹息，转过身去：“走吧。”

“嗯。”黑衣少年跟在他身后，又看看神像，忽然道，“真奇怪——神居然不是这样的美丽女子？我刚看到那个孩子的模样，真的吓了一跳呢。”

“……”怀仞再度停住脚步，回望那座神像——迎上他的，依然是纯黑的看不到底的目光。然而那样的面容却是绝伦的，有着天地间最美的一切的光辉——如果，神回复到力量最强盛的时候，形貌便是如此吗？然而孪生兄妹彼此消长，创世神如若力量增强，破坏神如何还能维持这样英俊青年的外表？

——那是可能并存的吗？

“当然可以。”忽然间，某个声音轻轻回答，居然是从神像嘴里吐出。

那个巨大的玉石雕像目光流转，看着怀仞，白玉雕刻的面容上忽然有了微笑。

“怀仞，你知道这个天地是平衡的——然而，最繁华的时候该是什么样呢？”创世神的力量透过九重门，通过雕像之口回答着即将远行的剑士：“不，不是如你所想的那样，我的强大而哥哥就必须衰微——那将是一个稳定而旺盛的均衡。更迅速地创造，更迅速地消亡，天地间一切始终维持在极大丰富却不过剩的层面上。到了那个时候，我和哥哥的力量便能同时达到最强的平衡。”

“神。”怀仞有些迷惘地看向神祇，“我不明白。”

“人终究不能明白神。”黑曜石雕刻的眼睛微微垂落，注视着金甲剑士，神像唇角绽出一个微笑：“其实说起来也简单：平天下，养百姓，致太平，戒奢靡——这些，等你坐到了王座上再说吧。”

雕像的手缓缓抬起，指向西方尽头，手指上那枚银色的戒指熠熠生辉：“快去吧。我哥哥在等你，你的族人在等你——你的敌人也在等你。”

“是。”最后对着神祇行了一礼，怀仞头也不回地握剑而出。

—冰封祭坛—

怀仞握剑离去，九重门后的深宫里，又回复了一贯的宁静。

在空白一片的庭院里，女童一个人坐在玉座上，静静面对着那一盘残局。上面，一个个虚幻的棋子犹如水晶般闪烁，可对弈的人却已经不在。

“怀仞。”小手拈起那枚“王”，漆黑的瞳子注视了片刻，忽然间有轻微的叹息从神嘴里吐出。叫出那个名字的刹那，想起的却是数百年前那个帝王——人都说天意难测。然而对神来说，人的心，却同样也是难以把握。

就如那时候她根本没有料到御风作为一个凡人居然敢做出这样渎神的疯狂举动。而三百年后临别那一刻，通过玉像的眼睛注视远行的剑士、那个瞬间她在这个幽国人眼里捕捉到了和百年前同样的情绪。如今，怀仞一去千里……又会作出什么样的事呢?

神在瞬间移动到了神像侧面，悬浮在空中，静静注视冰国人三百年前雕琢的这座神像。

那样美丽的面容……几乎极尽人世所能想象，将所有丽色赋予了这个女神。这就是人想象中神祇的模样? 创世神漆黑的瞳子里，陡然有微弱的笑意，转过眼睛，看着另一面的孪生兄弟：同样白玉雕琢的面容，除了眉目间弥漫的杀气，容貌是极其相似的，只是不同于妹妹纯黑的瞳子——哥哥那一对眼睛，却是金色的。

宛如幽国人所拥有的金色眸子。

怀仞，甚至那个莽撞的少年刺客，都有着这样的眼睛。

“哥哥。”神在虚空中伸出手来，轻轻触摸孪生兄弟冰冷的面颊，低低呼唤——宇宙洪荒以来，他们就这样相互依存，从未片刻分离。然而这三百年，被分开禁锢在两处，不知道哥哥如今衰弱到了什么样子——或许，真的萎缩到连“实体”都无法维持了吧?

怀仞……怀仞会不会如御风一样，趁机进一步伤害破坏神? 或许他会守住对自己的诺言，然而那些遗民和冰国人，那些视哥哥为灾祸之源的凡人，会不会一时短见再度犯下如此可笑和巨大的错误?

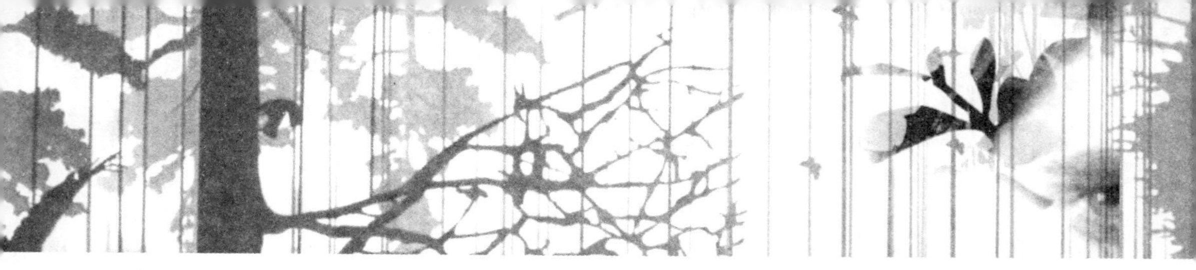

人心是那样难以猜测。

“嚓”。轻轻一声响，掌心那枚虚幻的“王”，在神的手心片片碎裂、消失无踪。

西方尽头，空寂之山的皑皑积雪中，有鲜血如梅花绽放，泼洒得四处都是。

靴子踩踏在结了冰的血上。怀仞低头看了看雪上到处散落的残碎尸体，蹙眉。

那些尸体，一大半是各色服饰的遗民青年，间或有盔甲鲜明的冰国战士和锦衣玉袍的术士。他脚下踩住的就是一袭饰有旋风图案的黑袍断袖，里面苍老的手已经变成了青紫色。似乎是被极其凌厉的剑法一切而下，断口处居然平滑如玉。

怀仞眼睛瞬间凝聚——那样的服饰，标明了这只断手的主人的身份。

那是六长老之一的“风”——而连着半边身子切下这只手的剑法，无疑出自于剑圣门下。

“师姐！师姐！”身后的黑衣少年不知何时已经跑了出去，大叫着扑向雪地上一袭破碎白衣，不顾一切地将那个脸色苍白的女子抱起。然而那个身子轻得反常，玄锋微微一用力便“噗”地将同门从雪中抱起——竟只有半截身体。

女子美丽的腰身被奇异的力量截断，那个巨大伤口竟是诡异的烧伤。

在冰天雪地的空寂之山上，居然有烈焰凭空燃起将剑圣门下的女子生生焚化！——那是六长老之一的“火”？

一路从镜湖中心的伽蓝帝都赶到空寂之山，可显然这里的惨烈恶战已经告一段落：剑圣门下的另一位掌门女弟子已经死去，六长老想来也无法全身而退——只不过，看起来冰国早有准备，六国遗民只怕无法实现这次的计划了……在看着玄锋崩溃般地抱着那个只剩一半躯体的女子呼号时，怀仞的脑子里却是清醒地跳出了这样的判断。

在站到这个杀场里时，他惊讶于自己居然可以这样置身事外地旁观。

或许，那只是因为他脑海里的记忆已经复苏，另一个自己同时复活了——对怀仞而言，这是一场对于自己族人的血腥镇压和屠杀；然而对于御风皇帝来说，这不过是一场试图挑战他的帝国的动乱罢了。

他站在雪地上，听着远处依稀可闻的刀兵和吟唱声，却是冷冷不动声色。那个刹那仿佛他真正的灵魂跃出了这个躯壳，在更高的地方俯视着躯体里的两个“自己”。

前世今生宛如梦幻。帝王英雄，更不过一场空中之空、梦中之梦。

而如今的他，将为何而拔剑？他的剑，又如何能刺破那一场虚空？

雪地上，血流如注。站在这个修罗场里，前来助战的幽国剑士，却长久地提剑沉吟。直至看到那个黑衣的少年猛然放下了女子尸体，拔剑冲向远处犹自混战的人群——年轻脸上那种不顾一切的杀气和悲痛，陡然间将怀仞散漫的思绪拉了回来，他跟了上去，进入战场。

祭坛不远处，结下了一个六芒星的阵。冰国六长老只剩下了四位，然而集结的上百遗民也只剩下寥寥。六芒星上两个位置已经空了，剩下的四位长老守着四角，挥舞着手中的法器，黑袍飞扬，不间断的咒语从苍老的唇间吐出，伴随着凌厉变幻的手势——金、木、火、土，六合之间的四种力量被他们熟练地操纵着，杀向犹自困战的遗民。

这段通往祭坛的血路已经延续了几百丈，然而眼看封印破坏神的祭坛就在咫尺开外，那些遗民却已经没有余力，只是被四位长老和冰国战士的攻势逼得不停往中间退，已经开始无法招架那些攻击。可黑衣少年玄锋一加入，猛然让那些垂死挣扎的遗民振作了精神。

“住手！”在双方再度开始新一轮的激战时，忽然间金色的光芒风暴般卷起，在冰雪上刺得人睁不开眼睛。刚要接触的两股力量同时反向弹了开去，重重击在各自的护壁上，让冰国长老和六国遗民都踉跄着倒退回去。

“前辈！”玄锋扭过头，看到了出手的正是怀仞，不由得眼睛一亮，转头热切地对着残留的同族大喊起来，“你们知道他是谁？——他就是怀仞！五十年前孤身前往离天宫的英雄怀仞！他回来了！回来和我们一起杀了那些冰国人！”

“怀仞？”看到金甲剑士如同神人般破冰而至，遗民喃喃念着这个被缅怀了数十年的名字，几乎不敢相信地震惊低语，“怀仞还活着？”

“真的是怀仞！”忽然间，有个苍老的声音喊了起来，“是怀仞！”

遗民中有个鹤发的老妇人惊呼着冲出了人群，因为极度的震惊和喜悦，已经顾不上四周依然还有冰国的人——白发萧萧的老妇人一直冲到了怀仞面前三尺，又迟疑着顿住了脚步，凝望那张曾经熟悉的脸：“师……师兄？”

“梅迩。”看着面前苍老的脸，怀仞深沉地叹息——五十年了，当年还不过

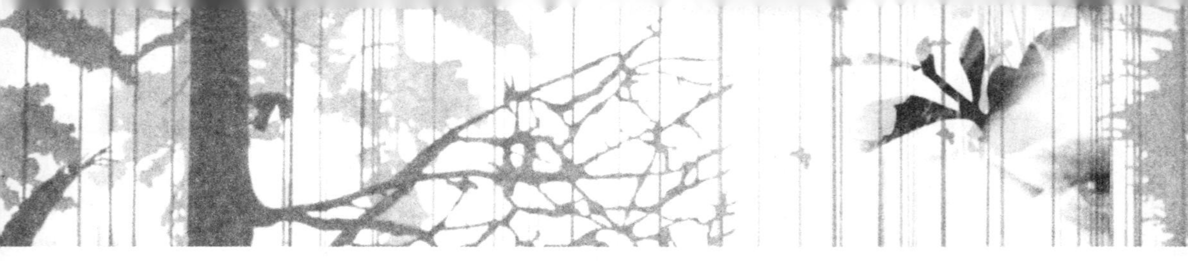

十六七岁的师妹如今已经是这样的垂垂老态。绸缎般的肌肤起褶了，红润的嘴唇枯萎了，金色的眸子也开始混沌——时间的力量是如此强大和无情，带走一切美丽脆弱的事物。这张饱经风霜的老妇的脸，已经无法让他回忆起半点当年小师妹的美丽和娇憨。

那个瞬间，他心底想起的是神祇的双瞳——纯黑，深湛，如同不变的夜空，无论在何时何方仰头观望，都是那般恒久的美丽。

他终于明白御风为何不惜一切都要留住神祇——在拥有一切之后，最可怕的便是要独对那无边无际的空茫。那个皇帝以为留住神祇，便可以抓住永恒。然而可惜他错了。

惊讶于面前这张时光停滞的脸，女剑圣诧异地喃喃："师兄，你……你……怎么还是……"

"是神！是神替前辈凝固了时间！"在一片震惊中，只有玄锋兴奋的声音不停地响起，解释着，"创世神站在我们这一边！神赐予了英雄无比的力量，让他回到我们中间，说，冰国当亡，怀仞将成为新的皇帝！"

"将成为新的皇帝……"那样的话是比雪暴更惊心动魄的，风一般在遗民中传播，每个人眼睛里都发出了振奋的光，看向那个踏雪而来的金甲剑士。

"怀仞！"四长老显然也认出了这个本该在离天宫内侍奉神左右的剑士，同样一眼看出了他如今身上具有的力量，惊慌地面面相觑——怀仞如果能够离开离天宫，那惟一的可能便是神允许了他的离开。神，那个被他们冰国供奉了三百年的神，改变了心意！

"所有人，都给我退开。"怀仞目光慢慢从在场各国人身上掠过，最后落在十丈开外那个冰封的祭坛上——那里，六芒星祭坛的中心点上，三百年前御风皇帝亲手结下的那个封印，赫然发出淡淡的金光。

"前辈，快去释放破坏神吧！"玄锋带着遗民拦住了冰国长老，大声喊，眼里放出热切的光，"这里交给我们好了！"

"怀仞，你疯了？住手！"火长老声嘶力竭地呼喝着，试图阻止这个陪伴神的剑士，"你要毁掉这个云荒吗？"

然而，在一片刺耳的刀兵声中，金甲剑士走上了祭坛，将手轻轻按在六芒星中

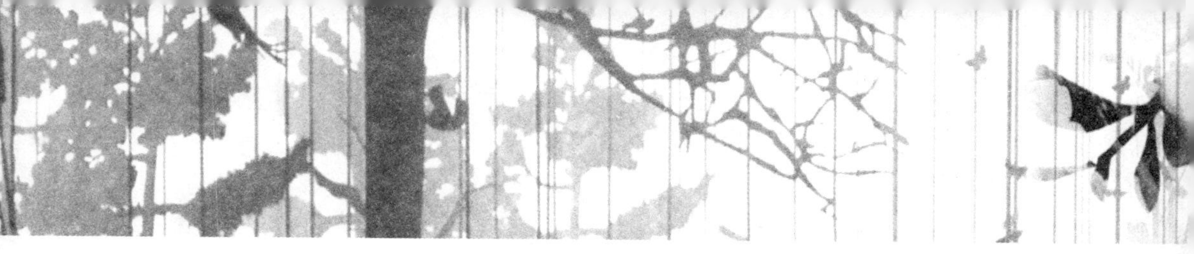

心的金色刻痕上。那里，三百年前留下的手印依然存在——那是集中了天下人力量设下结界封印破坏神的御风皇帝的手印。

怀仞轻轻将手按在那个手印上，分毫不差。想来，创世神等待了那么多年，就是为了等他在轮回之后重新回到离天宫寻找神祇，好借助他的手将孪生兄弟释放吧。

在这个天地之间，惟一和神对等的、令神挂念的，便只有那个孪生的破坏神。

“神，一切将如您所愿。”剑士垂目低语，霍然发力。那个能禁锢破坏神的封印轻易地在他手下震碎，金色的光陡然扩散开来，笼罩了空寂雪山——那个瞬间，地宫封住的大门陡然开裂，露出一道黑暗的缝隙。

怀仞金色的眸子里有激烈交错的表情，看向那一道似乎可以吞噬一切的黑暗。

破坏神，就被禁锢在这个地宫里，长达三百年?

如今，不知道这个只手可以毁灭一切的神魔成了什么样子。

他回顾身后纷乱的战局——无论冰国人还是遗民，看到他震裂了那道坚不可摧的封印，个个一时间呆若木鸡。金色的眸子里闪过微弱的笑意，剑士忽然开口了:“其实,破坏神不在这里面……真正的魔之左手,就在杀戮的人群当中,就在你们的心里。”

包括玄锋在内所有人陡然愣住，不知如何回答。

“其实，我结下这个封印时本来希望的是七国之间不再有纷争。”怀仞嘴里慢慢吐出御风皇帝的话，微微叹息，忽然加重了手底的力量，“可是，你们自己造出了新的破坏神! ——我做的一切都错了。”

喀喇一声，地宫封印完全破碎，怀仞只手打开了地宫之门。

“师兄! ”毕竟是同门，陡然明白了他要做什么，梅迩脱口惊呼，“不要! ”

“前辈! ”玄锋也惊呆了，大呼。

“怀仞? ”四长老停下了手，不约而同回顾。

“如今，我让一切回到原状。”低低的话语从剑士嘴边吐出，喀喇一声巨响，地宫门完全打开，金甲剑士手上加力耸身跃入门后那片无穷无尽的暗黑。门轰然阖起。

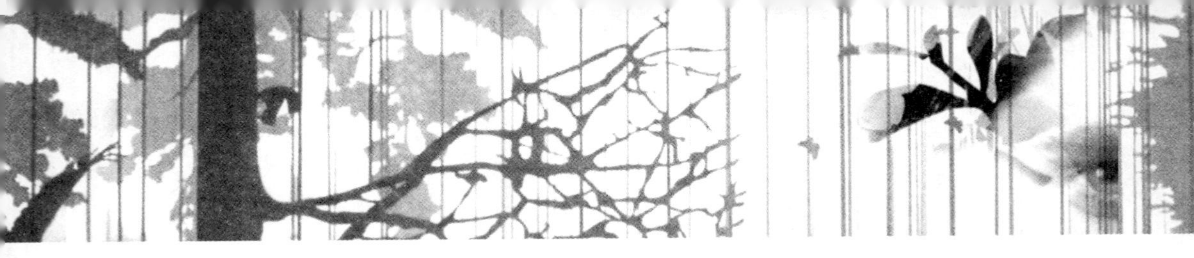

怀仞握剑离去，九重门后的深宫里，又回复到了一贯的宁静。

一枚枚虚幻的棋子从棋盘上生长起来，连片成势，相互交缠着攻击不休。然而这样自己和自己下的棋，无论成败都索然无味。

小小的手指叩在棋盘边上，却有些落寞的意味。纯黑的眼眸抬起，看着一边水晶更漏里凝固的白沙——自从怀仞踏出离天宫，已经整整三个月过去了。

这中间没有冰国人再度进入离天宫——或许是怀仞离开时设下了结界，让那些冰国贵族无法进入这里。而六长老，则去了空寂之山镇压遗民起义，所以才导致无人可以进入九重门后的深宫侍奉她左右。

这一切都没有什么，然而令人惊讶的是她居然无法得知任何关于怀仞的消息。她试过种种方法：冥想、推算，可一切都显示着虚无——甚至动用了水镜，居然还是看不到他的踪迹。

那是不可能的事情。这个云荒的天地之间，居然还有神无法得知的事?

长久沉吟着，神纯黑色的眼睛里陡然有空茫的感觉——这个云荒……这个她曾一手造出的云荒，上面所有的人和事已经越来越不由她掌控了。神祇的力量终究有限，何况恒久的时光中，这个天地之间损有余而补不足，她已经越来越感到疲惫。

一念动，神瞬间就出现在玉石雕像边上。

神悬浮在空中，静静注视冰国人三百年前雕琢的这座神像。

仰起脸，注视玉石雕刻的孪生兄弟的脸——忽然间，神的脸色变了!

开天辟地以来这样震惊的神情还是第一次出现在神的脸上。

“哥哥? 哥哥?！”不可思议地轻触着玉像冰冷的脸，黑色的瞳子里交织着震惊和颤栗的光——然而那个巨大的雕像依旧没有表情，双眸璀璨夺目，和女童的黑瞳对视。

“怎么、怎么会这样?！”神祇捧着雕像的脸，震惊地低语，右手微微颤抖。

三百年前，御风带给她的已经是罕见的意外——而三百年后，怀仞居然做出了这样的事!

低语中，离天宫最后一道门轰然洞开。忽然有异常强大的力量如风暴席卷而来，将九道宫门瞬间一起粉碎——只是一个刹那，九道非天结界居然一齐破碎！

外面刺入的阳光让神祇微微闭了一下眼睛——已经多少年没有接触到日月的辉光了？出了什么事情？这几个月内，外面必然风起云涌，然而，难道这么快冰国国内也发生了变动？连帝都也不安稳了？有谁……有谁居然能举手之间破去了这存在了三百年的结界？！

“吾皇万岁！”

门轰然洞开，阳光将一个身影投在地面上，长长地直指九重门内——而那个伫立在高大穹门底下身影两侧的，是无数匍匐在地的官员、将军和神官，密密麻麻跪在御道两侧，一直延伸到九重门的最外面。

那个惟一站立的身影转过了头，静静凝视在离天宫第一道宫门内矗立的巨大神像。

金色的夕阳映在他金色的眼眸里，焕发出刀剑上特有的光感——然而璀璨眼眸的深处，却是隐隐有着看不到底的黑暗颜色。

“怀仞。”看到来人转头的刹那，神低低脱口道，难掩震惊。

虽然已经换上了高冠玉带，一身人间帝王的装束。然而帝袍下依然是那件金甲，甚至手上握着的不是权杖和玉玺，而是那把淡金色的光剑——握剑打开离天宫第九重门的，居然是已经成为人间帝王的怀仞。

那样快的速度……以及那样巨大的杀戮力量！

“我不止是怀仞。”没有理睬那些匍匐在地上的臣民，随手封闭了大门，新帝王抬头仰望着虚浮空中的创世神，忽然微微笑了起来，“神，你错了。”

神，你错了——这样一句话，居然从一个凡人嘴里吐出？

创世神霍然回头，注视着这个归来的男子。

“你把我哥哥给杀了？”手心里依旧捧着雕像冰冷的脸，神祇漆黑的眼睛却是看不到底，声音也带着说不出的压迫力，“你去空寂之山破开封印，趁机把我哥哥杀了？”

“神，你又错了。”新帝王微笑起来，然而这一次他口唇没有翕动——巨大的玉像陡然开启了冰冷的嘴，将他的话一字一句传达，“我并没有杀破坏神。”

在看到掌心雕像开口说话的刹那，神祇再度震惊地飘出了三尺，凝视。

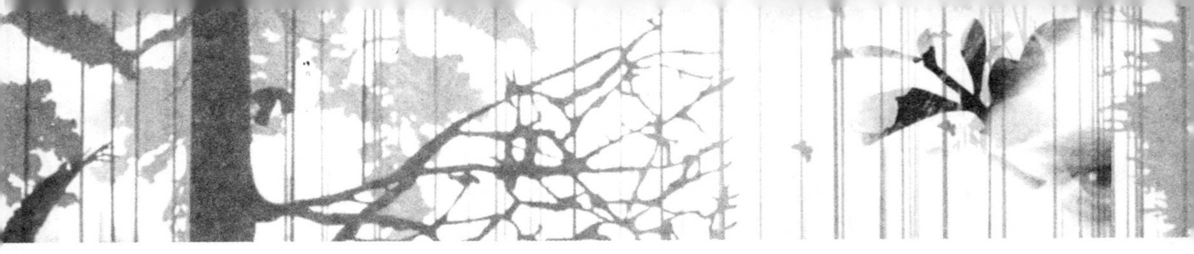

不错……已经悄然变了。在她刚出门抬头看时，就注意到孪生兄弟的雕像发生了奇异的改变：原来那张脸不知何时慢慢变幻，换成了另一张新的、熟悉的脸——那是怀仞的面容。

怀仞的面容，居然奇异地出现在了破坏神雕像上！到底是什么样的力量让离天宫内这神圣的玉像如同活了一般发生了奇异的变化？

"我并没有杀破坏神，"雕像缓缓开阖着唇，微笑着，吐出一句话，"我就是破坏神。"

巨大的石像忽然动了起来，玉石的手臂举起，缓缓抱住了虚空中的创世神。金色宝石镶嵌的眸中，流动着光芒，注视怀中黑瞳的女童："我就是你哥哥。"

"怀仞！"神陡然明白过来，脱口看向地上那个高冠博带的新帝王，"是你！是你把——"

然而，即使神也有不知道如何表述的时候，女童怔怔看着那个石像嘴里吐出怀仞的声音，看着巨大的双臂抱着她，黑色的双瞳因为震惊而雪亮。

"我的确是怀仞，是御风，"悄然改变了面容的魔之手慢慢说着，巨大的手掌平举着，将女童捧在手心，收回脸颊边，金色的眼眸是温和没有杀气的，"但我同时也是魔之左手，破坏神——你惟一的孪生兄弟。"

冰冷的唇轻轻触着女童黑色的长发，吐出静默的声音。

"怀仞？"终于慢慢明白发生了什么，神祇猛然出手狠狠扇了帝王一个耳光，"你居然做出这样的事！"

"嚓"，小手上的力量看似微不足道，然而巨大石像的脸颊陡然间爆裂开来，粉尘簌簌。

漫天的玉屑中，新帝王脸上留下了一个掌印，然而有奇异的力量蔓延着让那个痕迹迅速地变淡消失。怀仞轻轻摸了摸脸，金色的眸子里有奇异的笑意："神，你再也无法奈何我。"

"神，这是命中注定：在三百年后，我依然如此深爱你。"帝王俯下身去抱起那个孩子，喃喃自语，"但是我要比三百年的御风长进了很多吧？……我不会去再度囚禁破坏神，或者释放他——我要自己成为破坏神。我要与你同在。"

"怀仞。"神漆黑的眼睛里有不可思议的光，凝视着面前这张熟悉的脸。

“是的，你说对了——三百年后，你哥哥已经失去了‘形体’，”新帝王眼睛里有深而冷的光，和女童漆黑的眸子对视，隐隐有笑意，“所以，我打开封印，跃入地宫，给了他新的躯体——或者说，我是将他同化在我体内，从此与我同在。”

“怀仞……”神喃喃脱口道，不可思议地看着他的眼睛。

那样熟悉的眼睛——混和着哥哥、御风、怀仞的一切特征，穿越了所有时空。

“真是疯了啊……比御风还要疯。”神祇的手触摸到那双熟悉的眼，不知道说什么才好，“你……你……将哥哥融在了体内？这不可能……这完全超越了一个‘人’的限度。”

“是。凡人无法和神同在——御风已经试过了，”怀仞眼睛里是深不见底的光，忽然低下头轻吻那只幻化万物的手，“我要成为破坏神——我只有成为破坏神。我想与你同在，一起守望着天地的尽头。我想知道什么是永恒。”

神祇忽然长久地静默。凡人生生不息，神祇明明灭灭——而神又是什么？永恒又是什么？御风，或者怀仞，我也不能告诉你这六合间的奥义啊。

女童忽然苦笑起来，用小手轻抚那双金色的眼睛。

那是多么令人颤栗的眼睛——一个人的躯体里有着魔的特质；或者说，一个毁灭一切的魔却有着人的灵魂！那样激烈对比的美是惊心动魄的，甚至超越了作为创世神的她所能创造的一切，令她目眩神迷。

原来，人心幻化出的极致瑰丽竟能一至与此。

“将破坏神拥上帝位——多么可笑的事情。”创世神黑瞳中交织着复杂的光，缓缓冷笑起来，转头看着密闭的宫门，“那些我所创造出的子民，居然做出了这样的事情。”

将魔之左手拥立为云荒帝君，不啻于将人世交由毁灭的力量来控制！她的孪生兄弟惟一的力量来源、便是毁灭和杀戮——那是魔的本性，无可改变。即使同时兼具了御风和怀仞的力量，以人性的善与真来控制杀戮欲望的抬头，又能压制破坏神的本性多久？

“放心，在还能控制住那种毁灭欲望之前，我会尽力让云荒平安——也让你慢慢恢复力量。”新帝王的眼睛里没有杀戮之气，抬头凝望着那座巨大的孪生神魔雕像，吐出缓慢的语句，“你说过……真正的繁荣，会同时提升两方面的力量，不是吗？”

神微微颔首，不语。

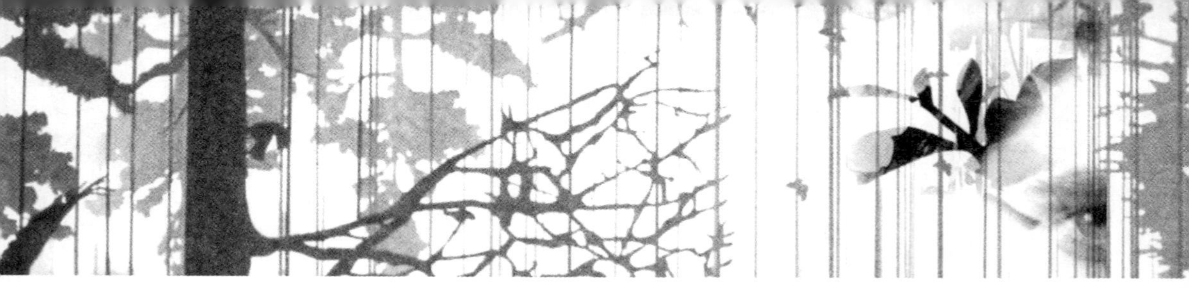

“那么，”新帝王的手轻轻抱起了女童，转身面向那巨大的雕塑，“让我们试着来达到这个平衡吧，不管那个平衡能维持多久——神，我想看到你最美那一刻的样子。”

“……”女童黑色的瞳子静静凝视着面前的人，眼睛深不见底。

“你无法离开我，就像天和地永远无法分离。让我们一起来守望这个云荒，直到沧海桑田。”帝王金色的眸子丝毫不退缩地和她对视，静默地回答——那一瞬间的沉默，不知有多少狂风巨浪般的心潮汹涌而过。

许久许久，女童终于伸出小小的手，抱住了新帝王的脖子。

一夜之后，离天宫巨大的宫门轰然洞开。

御道两侧匍匐的官员、将军和神官惊讶地看到新帝王抱着一个女童站在穹隆下——女童的眼睛是漆黑的，看不到一丝一毫神色变化。然而每个人在接触到那双纯净至极的孩子的眼睛后，都有说不出的心惊。

“创世神！”大神官刹那认出了帝王臂弯中那个孩子的身份，颤栗地伏地不敢仰视。

所有臣民在震惊和敬畏中伏倒在地，通往离天宫的御道变成了一条装饰着各色官员服饰的河流。河流的源头上，金色的新帝王抱着黑瞳的女神静静而立，刚从慕士塔格背后升起的朝阳在他们身上幻化出炫目的色彩，宛如神祇。

“太阳。”多少年来第一次仰头看着天空，女童嘴里吐出了叹息。

“神，你能看到未来吗？”新帝王望着天地尽头，嘴角忽然有莫测的笑意，“你同样也能看到，是不是？”帝君的手，指向茫茫镜湖的彼侧，声音空茫得接近预言：“你看到了吗？那里，将会矗立起一座通天彻地的白塔——一个司掌破坏力量的君王，暮年时留下了最伟大的创造；而白塔之下，相对的守护之力将会结成另一个虚幻的帝都。而北方的尽头啊……神，北方的尽头，我看到了星辰的陨落。一切终归有尽头，伟大的帝国也是同样。”

漆黑的眸子随着帝君的手转动，然而即使看到了一切，创世神的眼睛却没有丝毫表情：“那都是很久很久以后的事情了……那时候，不知道你和我是否还存在于这个六合之间。”

“不，我们必将存在。”新的帝王同时抬头仰望着崭新的天空，不自禁地提高了语声，“日出的时候我们拥有这片土地，而我们也将拥有它直至最后一颗星辰坠落。”

那样冷定而压倒一切的语句，让脚下匍匐的臣民不自禁地悚然。

“吾皇万岁！万岁！万万岁！”由近而远的呼声响起，如同一阵风暴传向天际。

然而那样的欢呼声中，唯独神的眼睛是静默的，凝视着一侧帝王英俊冷酷的脸，黑眸中有掩不住的担忧——杀戮和毁灭的天性，就如埋藏在深心中无法挖出的种子，人世的权欲诱惑着它，时时刻刻想要抬头——不知道它何时就会冲破坚固的土壤长成恶毒的藤蔓?

“如果星辰都坠落了，”此起彼伏的万岁声中，孩童的眼睛注视着帝王，轻轻反问，“这片土地上还有什么呢？”

“还有你和我，”然而那样深远的问话，换来的却是如此凌然的回答，“与日月同在。”

“不，在最后一颗星辰坠落前，我将与你一起‘湮灭’。”女童的眼睛慢慢凝聚，开阖的唇中吐出冷然的话语，居然有静默的杀气蔓延，“我将在平衡倾覆之前将其彻底终结。”

“那就守望着我，”新帝王的眼睛里忽然焕发出了笑意，那样的笑意让神陡然明白他原先的话只是故意的挑衅，“在我拔出这把剑之前，请守望着我。我的神……我的皇后。”

“吾皇万岁！”两人的对话里，依然伴着四围山呼海啸般的欢颂声。

新帝王俯瞰着丹阶下密密麻麻的臣民，陡然伸臂，将怀中神祇高高抱起，在朝阳的光辉中振臂大呼：“神后万岁！”

神后？——那么，相对的刚登基的帝王，便是魔君吗?

然而没有人去想这个问题，狂热的情绪弥漫了全场，所有人在没有回过神来之前就顺着帝君的意愿重复高呼：“神后万岁！神后万岁，万岁，万万岁！”

朝阳如血，将云荒天地间的所有笼罩，只有欢呼声响彻云霄。

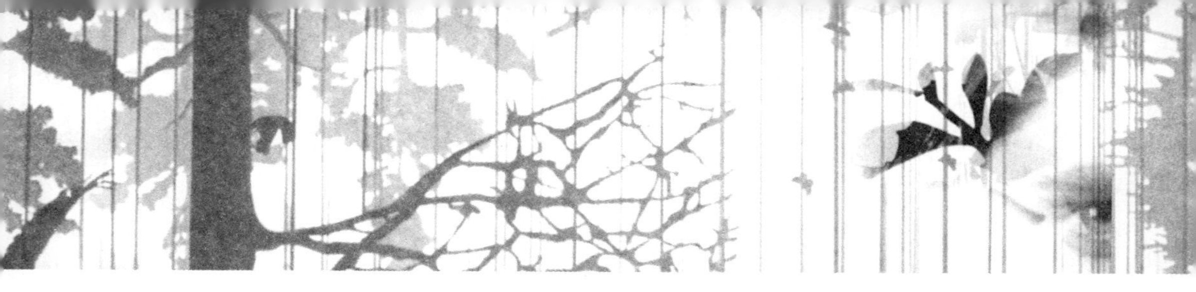

永垂不朽的诗篇

六国遗民在怀仞皇帝的带领下，一举推翻了原先冰国的暴政，建立了新的国家。冰国贵族无法和魔君神后的力量抗拒，由元老院带领离开了故土，流浪在云荒最西边广袤荒凉的沙漠上，逐水草而居，和沙浪苍鹰为伴。

那个由六色土组成的崭新的国家，有个新的名字：空桑。

原先六个国家的遗民变成了空桑的六个部族，并按照原先六色土的色彩，分为白、青、蓝、紫、赤、黑六部，六部一致将怀仞拥上了帝位，是为空桑先祖怀仞皇帝。在年轻英武的帝王身边，是逐渐长成美丽绝伦女子的皇后，在万民朝拜中，帝王金色的双眸和皇后纯黑的瞳子注视着大地，守望着辽远得看不到尽头的云荒。

——那便是云荒大地上 “空桑”这个民族的由来。

因为历史的久远，那个关于民族缔造的故事已经接近于神话——即便是空桑最古老的史书《六合书》上，都没有确切的记录。没有人知道有多少是真实又有多少是臆造。然而魔君神后的故事，犹如中州大陆上关于伏羲女娲的传说一样被所有人信仰。

“我们空桑人的祖先，是天上下来的神。”

每一个空桑人都那样自豪地说，仰望着白塔尽端湛蓝的天宇。每户人家中，都供奉着那一对孪生神魔的小像，烟火萦绕中，金眸与黑瞳如昼夜般并存。

此后又过去了多少年?

镜湖变成了桑田，湖中凸现了方圆百里的孤岛，而内乱迭起、六色土再度分崩离析，退缩于西方广漠的冰族趁机复出逐鹿天下。沧海横流之时，《六合书》上记录的最伟大的帝后拔剑起于蓬藁。太初元年，星尊帝和皇后白薇结束了内乱，重新统一了六部，将冰族彻底驱逐出了云荒大地，开创了历史上最强大的王朝：毗陵王朝。

太初三年，星尊帝在镜湖中心的孤岛上建立了庞大的城市，将帝都伽蓝迁移到了湖心。而相应地、白薇皇后动用她的力量，在伽蓝城的正下方水域里，用幻力结成了一个虚幻的帝都：无色城。

云荒格局在悄然变化，历史如同风般呼啸而过。

收南泽，平北荒，灭海国，空桑的版图在星尊帝手中扩大到了无以复加。然而在“征”达到顶点的时候，“护”的力量悄然兴起：不满帝王对待海国的暴虐，白薇皇后拔剑而起与丈夫对抗，最终战死九嶷山下的苍梧之渊。那座虚幻的无色城，也被星尊帝永远地封闭。

星尊帝暮年，云荒的心脏上陡然拔起了高达六万四千尺的白塔，直指云霄。伟大的帝王将那尊据说与天地同寿的巨大神像供奉在塔顶的神殿上——那“离天最近”的地方。自己也绝足于大陆，在伽蓝白塔的顶端度过了余生。

没有人知道星尊帝在最后十几年里一个人在孤高的绝顶上，对着神像想什么。但在这位帝王南征北剿后，这一片云荒大陆终于完成了又一个轮回，进入了相对安稳的和平阶段。

然而和平是什么?

和平是两次战争中的间隙，是一个失衡到另一个失衡之间、短暂维持的脆弱平衡。

巨大的白塔高耸入云，俯视着这片大地的一切兴亡枯荣。玉座上的神祇有着两双不同色泽的眼睛：金色的那一双，只能看见杀戮流血；而黑色那一双，则能看到平安繁荣。

而现在，哪一双眼睛看见了过去?哪一双又看见了未来?

“宽恕我……”六万四千尺的绝顶上，空桑最伟大的帝王须发苍白，仰望着神祇永恒不变的眼眸，喃喃低语。独居了十几年后，一代帝王在伽蓝白塔顶上的神殿里阖起眼睛，进入永久的沉睡，身边没有一个人陪伴。

手中那一卷《六合书・往世录》被风吹落在地，唰唰翻页——

只是一个眨眼，便从洪荒翻到了桑田。

end

后宫·甄嬛传 6（精彩试读）

文 / 流潋紫

宫里的那些事

女人之间的斗争，永远是最残酷的，尤其在宫里。

坚信真爱的甄嬛历经大起大落，才发现和皇上玄凌的爱只是镜花水月，而在甘露寺修行的岁月里，她终于和玄清走到了一起。然而造化弄人，有情无缘，无奈回宫的甄嬛再次卷入后宫争斗之中。暗中操控一切的皇后，曾经姐妹情深的陵容，看淡一切的眉庄，娇贵机敏的蕴蓉……多少旧爱新欢又重聚一堂。

后宫的女人没有谁输谁赢，只有你死我活。

宫里的那些人

玄　　凌　什么是真的，什么是假的，在龙椅上坐久了，一切都是做戏。只有少年情窦初开的那段纯情一直铭记着。

朱 柔 则　纯元皇后。玄凌这一生唯一真心相对的女人。

朱 宜 修　空顶着皇后的凤冠，在皇帝的心中始终只是前皇后的妹妹。孑然一身，算尽机关。

甄　　嬛　淑妃。和玄凌的爱是一场幻梦，和玄清的爱是无望的相思。纵然风雨过后，繁华满身，也只能独自品尝情的苦涩。

安 陵 容　安贵嫔。她是一株含毒的夹竹桃，带着绝望而残酷的力量，摧毁了一切美好的感情。

沈 眉 庄　淑媛。清冷似菊，温润如玉。看淡荣华，却始终坚持和甄嬛的姐妹情分。

慕容世兰　华妃。大开大阖的一生如一场华丽的歌舞，尾音却是无限的凄凉。

叶 澜 依　深宫岁月尚不如御苑猛兽有情，纵然敢爱敢恨，却又去爱谁，又去恨谁？

1. 却教移作上阳花

不知甘露寺长河边，芦花是否依旧？

礼毕已近黄昏时分，丝竹声悠悠扬起欢颂之调，我与徐婕妤各自回宫更衣，准备夜来的合宫夜宴。

因夜宴多为宗亲内眷，也不必按品大妆，只雍容华贵即可。劳碌整日，予涵和灵犀赖在乳母怀中贪婪吮吸乳汁。我偷闲眠了一眠，又重新叫浣碧匀面梳妆，槿汐则将各府公卿送来的贺礼一一清点。

槿汐笑道："东西自是上好的，如今各府里忙不迭地要奉承娘娘，敢不挑最好的送来吗？还怕娘娘看不上眼。"

双手浸在淘澄净了的玫瑰汁子里润手，赤金牙云盆里漾着红艳艳的香汁，愈加映得纤手明润白如玉。花宜拧了一把浸透了玉兰花汁的热毛巾给我敷脸，清洁的芬芳叫人身心松快。我闷在毛巾里道："槿汐眼光极佳，只拣你看得上眼的告诉本宫。"

槿汐徐徐道："晋康翁主府送的是一套十二把的泥金真丝绡麋竹扇，奇在那竹骨触手生凉，跟玉似的。"

"胡昭仪事事不肯落人后，她的母亲自然也是一样的。"

槿汐又道："平阳王府送了一套孔雀绿翡翠珠链，颗颗翡翠珠浑圆通透，十分均匀，雕作孔雀的翡翠色泽又绿又润，做工和成色都是上上品。"

"九王哪有那个心思留心女儿家的东西，那是庄和德太妃肯费心。这样的好东西，想是先皇积年的赏赐。"我停一停，"稍后把本宫那串金丝香木嵌蝉玉数珠送去德太妃那里，就说本宫谢她的心意。"

槿汐答了声"是"，"还有一双沛国公府送来的文犀辟毒箸是极好的，虽说银箸也能测毒，却远不及这个稀罕了。"

我搭下面上的毛巾，冷笑道："用毒之人最是狠毒无比，防不胜防，到底沛国公有心思。"

我蓦地想起一事，"可是沛国公尤家？"

槿汐点着礼品单子，转首笑道："除了他们家，哪还有别的？"

我微微沉吟，“他家的小姐尤静娴，原是要指给六王的那一位，不知出嫁了吗？”

小允子笑着上前道：“这个奴才可知道。还没有呢，尤小姐一心思慕六王，死活都不愿出阁，至今还耽误着呢，都成老姑娘了。”

我心一提，瞥一眼在旁拣选衣裳的浣碧，暗暗摇头。偏生浣碧耳尖听见了，为我拣过一袭暗朱色金罗蹙鸾华服在身上比一比，冷笑道：“以为等成老姑娘便能嫁与六王了吗？天下倾慕六王的女子那么多，王爷连她的眉毛鼻子都没看清过吧！”

小允子尚不知浣碧为何动气，不由暗暗咋舌。我看一眼小允子，“去打听清楚了么，皇后今日用什么首饰？”

小允子打一个千儿道：“打听了，纯用赤金。皇后已经更衣，准备着出门了。”

我澹然点头，“那就好，本宫也无意和她在今日冲撞起来。”趁着浣碧为我更衣的间隙，我轻声道：“方才为何动那么大气，说话也忒刻薄了些。”

浣碧别过头道：“奴婢便看不得她这副样子，生怕人不知道她等着六王似的，叫王爷难堪。”

我轻叹一声，“她也可怜，好好一个公侯小姐。”说罢更衣毕，只斜倚在贵妃榻上，套上海水玉护甲道：“贺礼来来去去就这么些东西，那些寻常玩意收起来留着赏人。”

品儿半蹲着为我佩腰带上的香囊，笑着凑趣说：“别的也就罢了，只一样清河王送来的珊瑚手钏，奴婢瞧精致的不得了。”说着递过来打开，攒金丝海兽葡萄纹的缎盒，洁白的雪绢上静静一串殷红如血的珊瑚手钏，粒粒浑圆饱满，做九连玲珑状，宝光灼灼似要灼烧人的眼睛，微微一动便是流丽的红光游转。刚一触目，心中一阵绞痛，拾在手中细细把玩。玄清，玄清，掌上珊瑚怜不得，却教移作上阳花，我怎会不懂得？怎能不懂得？

心中想着，手上已不自觉将它套在腕上，澹然道：“起驾，咱们去重华殿。”

我被众人簇拥着徐徐步入重华殿内，皇后早已端坐在玄凌身旁，正红色绯罗蹙金刺五凤吉服，一色宫妆千叶攒金牡丹首饰，枝枝叶叶缠金绕赤，捧出颈上一朵硕大的赤金重瓣并蒂牡丹盘螭项圈，整个人似被黄金镀了淡淡一层光晕，中宫威仪，十分华贵夺目。我着次一色的玫瑰红蹙金双层广绫长尾鸾袍，通身只用蓝田脂玉装饰，轻灵中不失厚重。贞贵嫔用更浅一色的绯红蹙银线繁绣宫装，玉色印暗银云纹流畅的姿态愈加显得只以碧玺装点的她身姿飘逸。除此，在座嫔妃内眷皆不得穿红，连相近的橘粉之色亦不允许。

岐山王生性好色，近年来每每宫宴总不携正妃出席，身边相伴的皆是貌美如花的年轻侧妃，他亦深以此为傲。清河王与平阳王皆是孑然一身，各自饮酒而已。我的目光轻轻与他一触，旋即低头，笑盈盈向玄凌问安。

玄凌拉过我的手，神色亲厚，附在耳边低笑道："你穿什么都是最好看。"

我睨他一眼，掩唇低笑，"皇上最会哄臣妾。"

说罢饮酒开宴，歌舞如云。觥筹交错，宴饮至尾，我已经觉得酒气上涌，满面皆是春色，一旁贞贵嫔更是不胜酒力，玉峨倾颓。我倚在玄凌身侧，轻声道："贞妹妹已然薄醉，皇上今晚可要好好照料妹妹。"

玄凌在衣袖中握住我的手，唇角还残留着"玫瑰醉"的嫣然之色，含笑低声，"朕想去柔仪殿。"

我推一推他，婉声喁喁，"贞妹妹产后怏怏，皇上且多陪陪她吧。天长地久……"我婉然看他一眼，声音越发柔腻，"臣妾不争一时。"

玄凌澹然一笑，侧首低低向贞贵嫔耳语几句。贞贵嫔颊生红晕，如绽放的月季，盈盈含笑。

眉庄因身子疲乏，晚宴至半的时候便告辞回了棠梨宫歇息，我一时放心不下，便想往棠梨宫去。

四帷金铃翠幄软轿已在外头候着，夜风一吹，只觉得两颊滚滚烫上来，头晕目眩，脚下也虚浮起来。骤然手臂一暖，只听一把清凌凌的声音笑道："那梨花白入口清甜，后劲却大。娘娘想是酒气上来了呢，还是走走好，坐轿越发要头晕了。"那声音虽清冷似冰珠，然而带着浓浓笑意，入耳又甜又滑，直教人想要沉溺下去。

我方要回头去看是谁，却听浣碧不咸不淡道："滟贵人安好。"

滟贵人穿着木兰青双绣缎裳，桂子绿齐胸瑞锦襦裙，一枚银丝盘曲而就的玲珑点翠草头虫镶珠银簪，十分素净淡雅。我见惯了她素日浓妆冷艳的姿态，乍然一见亦觉惊艳。然而心头一突，骤然想起旧事，不动声色推开她的手，道："滟贵人也要离席了吗？"

她粲然一笑，露出洁白分明的贝齿，"今日是娘娘的好日子，娘娘都要让爱于贞贵嫔，嫔妾怎能这样没眼色。早早回去抱我的团绒歇息便了。"

她说起“团绒”，我心下愈觉奇突，不由暗暗定神，笑道：“贵人的团绒极是可爱，不知长大了些没有？”

滟贵人浅笑盈盈，“娘娘若有兴致，不如移步去嫔妾的绿霓居坐坐，只不知娘娘肯不肯赏脸？”她口中说笑，一双凤眼似一对黑曜宝石，暗暗流光溢彩，不胜妩媚。她停一停，道：“只是娘娘动辄无数人跟着，兴师动众，只怕把嫔妾的团绒给吓得不敢吭声了。——团绒最妙便是它的叫声呢！”

我听她有意无意提起那夜之事，心下更不知她葫芦里卖什么药，索性笑道：“今晚夜色如醉，这样好的月色，不趁兴同游实在是辜负了。难得贵人有这样好的雅兴。”我转头吩咐小允子，“不许跟着来，本宫去滟贵人处坐坐。浣碧来扶我。”

我向来言出必行，小允子他们自不敢相劝，浣碧素来不喜滟贵人，一径扶住我的手，三人依依前行。

绿霓居偏僻，原是玄凌意欲滟贵人避开后宫诸人才择了此处。太液芙蓉未央柳，此时芙蓉花皆已凋尽了，惟余柳色曳地纷纷，凝住时光里最后一抹苍绿。柳色愈翠，愈觉秋凉伤感，可以想见来日枝条光秃的荒芜景象。

皓月临空，浮光霭霭，行过水仙桥便到了芦雪榭，芦雪榭一带芦花正茂，在溶溶月下如雪如银。此处与绿霓居已经不远，周围寂寥无声，不见人影，朱缎镶着珍珠的云丝绣鞋踏在被露水洇湿的甬道上，连着裙裾碰触的声音，沙沙轻响。面前一角太液池水被月光投注下温柔的颜色，泛着清淡的波光，岸边芦花纷扬似大朵的雪花，看得我心底渐起凉意。

不知甘露寺长河边，芦花是否依旧？

记忆纷叠的瞬间，喉头骤然一凉，一把银亮的薄锋小刃已无声无息贴在颈边。映着浣碧的大惊失色，滟贵人笑靥如花，“娘娘别小瞧这把匕首，可是波斯进贡的珍品。从前嫔妾驯兽时被一头不知好歹的豹子所伤，嫔妾身子康复后做的第一件事便是潜入豹苑，偷偷割断了那头豹子的喉管。娘娘可也愿意试试？那豹子的血又热又腥，十分黏稠。娘娘是大美人，不知您的血是怎样的呢？可是冷冰冰没有温度的。”说罢娇媚地横一眼浣碧，“碧姑娘若不小心叫起来，我手里的匕首也会不小心割断淑妃娘娘的喉咙。”

浣碧的惊呼被生生吞进喉中，我怒极反笑，强逼着自己身子纹丝不动，“何必吓唬浣碧，你千方百计把本宫骗到这里，又许浣碧一人跟着，自然有万全之策。何况这里偏僻，你根本不怕有人听见。”

她眼波欲横未横，似宛转的流波，轻轻“嗯”了一声，“娘娘好聪明，所以嫔妾即便在这里失手杀了娘娘和您的侍女。前头再走数百步便是交芦馆，嫔妾大可推到与您结怨已深的祺嫔身上去，嫔妾自担不了任何干系。”她“咯咯”一笑，“反正祺嫔想杀娘娘的心也不是一日两日了，嫔妾只当成全她。”

匕首贴在喉头有冰冷的凉意，只消稍一用力便能要了我的性命。我逼迫自己静下心神，微微含笑，“难道滟贵人与我不是结怨已深吗？否则那日在永巷何必使团绒引了那么多猫来要本宫和腹中孩儿的性命，只算本宫命大罢了！”

“娘娘已经猜到了吗？”她说话间香风细细，嫣然百媚，“娘娘耐心真好，既然一早猜到，还能隐忍嫔妾那么久，是嫔妾低估娘娘了。”

髻边簪着一只硕大的白玉薄翅蝴蝶，风动，细细的触角相碰有冷冷的响动，我澹然望住她，“不是你低估本宫，而是事情已然过去，本宫也不想为难你一片痴心。你已是皇上的宠妃，若因清河王而杀本宫，未免太不值得。”

她的神色微微一变，眸中的腾腾墨色愈加深沉，牢牢盯住我道：“你知道了？”

我打量她周身碧青的衣衫，坦然回视着她，“贵人终日只着青色衣衫，爱合欢花逾越自己性命，兼之有人告诉我，昔年你孤苦垂死之际，是他请太医来救的你。王爷慈悲心肠，安知自己救了一个蛇蝎女子，若王爷此时知晓，不知心下作何想法？”

我话音未止，浣碧神色倏然大变，怒道：“最毒妇人心！难为王爷昔日苦心救你，你竟敢如此戕害小姐！”她豁地一口唾在滟贵人面上，“你如此蛇蝎心肠，也配喜欢王爷吗？”

唾面乃是奇耻大辱，浣碧激愤之下不顾后果，一时自己也惊住了，顿时面色苍白，仓惶瞧着我。滟贵人若无其事拭去面上唾液，低笑一声，“怎么方才你家小姐说我害她之时你不曾激怒，一说起王爷便如此情急。”她悠然扬眉，眼角生春，“碧姑娘只着碧色衣衫，碧色同与青色，不知是否与我同一缘故呢？”

浣碧满面晕红，大是羞赧，狠狠道：“妖孽女子只会胡说八道！”

“我是妖孽，淑妃娘娘岂不成了妖孽之首？”她施施然靠近我，唇角扯出一丝狠决之意，“既有甘露寺的缘分，娘娘何必得陇望蜀、贪心不足，施媚重回皇上身边。

果然娘娘眼中，天家富贵胜于他的倾心！”她眸中有雪亮的鄙弃与恨意，“嫔妾自识王爷，从未见他有如此真心欢悦的时刻，也从未见他这般伤心。从娘娘回宫那时嫔妾就开始疑心，直到那一日中秋家宴……”

“那天在树丛后偷听的人是你？”

“嫔妾留心王爷行踪已久，那一日又机缘巧合。”她横我一眼，“果然是你。”她瞥一眼浣碧，大为不屑，“你觉得我不配喜欢王爷，难道淑妃就配吗？她空有如花皮囊，不过是无情无义之徒，尚不如御苑猛兽还有念旧之情！我杀了她，不过是教世间少一个无心之人罢了！”

“所以你在永巷中唆使群猫？”

她不以为意，仰起线条优美的脖子，“王爷为你如此倾心牵挂，你竟为贪图富贵攀附皇上，还有了他的孩子。你所倚仗的不过就是这个孩子罢了，我便要叫你没了这孩子重受冷宫之苦，教你日日夜夜痛哭后悔！”

浣碧惊声低呼，“你疯了，你若让这孩子没了，你便是杀了……”浣碧惶然住口，怒道：“小姐当时有八个月的身孕，万一母子都保不住，可是三条人命！小姐若死了，王爷他……”浣碧喉中荷荷，双拳紧握，“那你便等于要了王爷的命！”

滟贵人微微一怔，眉间微有不忍之态，很快掩饰了下去，道：“死了便一了百了，省得王爷再牵念这般无情之人。”天际云遮掩过金黄月轮，池边有菰叶菱角的清香肆溢，浓光淡影，波光粼粼，笼罩在一片银色的光晕中。“清河王……”她的唇角因这个名字而有了温柔的弧度，眉眼亦有柔和的熠熠神采，“他虽是天潢贵胄，其实与我一样都是孤苦无依之人。这些年来，唯有他对我好，肯怜惜我。在御苑时人人对我呼喝打骂，驱之如兽，从来没有人把我当人……即便如今，宫中上下何人不视我为妖孽祸水，恨不得杀之而后快。唯有他……”她眼角有晶莹的光泽，似对月鲛人凝在腮边的明珠。“所以任何让他伤心的人，我必杀之而后快。”

“山有木兮木有枝，心悦君兮君不知。”我轻声道：“你杀了我、你为他所做的一切他都不知道，甚至你还要把一切推到祺嫔身上去，岂非白白为他做了那么多吗？将来他恨也好、感激也好，都是对祺嫔而不是对你，你的一番心血岂不辜负。”我心下一沉，“而且你明知道的，杀了我，他会恨你一辈子！”

她唇角轻扬，眼底骤然闪过一丝凶光，右手不动，左手猛一用劲，把站在一旁的浣碧用力推了出去。浣碧大惊之下不觉惊呼，耳边有飒飒的风声刮过，一个黑影倏然跃来，衣袂轻扬间，已把浣碧牢牢接在怀中。

滟贵人轻笑一声，“王爷可别抱错了人。”她倏地把手中匕首一抛，将我用力一推，推向那人怀中。我脚步一个趔趄，已被温暖的怀袖接住，熟悉的杜若气味扑面而来。我深深一怔，仰起头，以我落去惊悸的眼接纳了他清明简净的脸。一绺鬓发从碧玺金冠中逸出，更添一抹清逸风姿。他一手早已放开浣碧，扶住我道：“没有事吧。”

他的语气温暖而关切，叫人如沐春风。我不敢贪恋这样的温暖，即刻站稳离开，欠身道：“多谢王爷。”

滟贵人顺手折过一枝鹅黄的月季簪在鬓边，临水照花，意态闲雅，“大家都是明眼人，娘娘何必再故作矜持。”她转首，面有戚戚之色，“原来不管她怎样对你，你都是这样真心待她好。”

浣碧微有呜咽之声，恨然道：“王爷，她方才拿着匕首要杀小姐，连上次小姐在永巷早产，也是她唆使猫去撞小姐的肚子！”浣碧面色发青，惊惧之色未减，“王爷，她是疯子！”

玄清素来舒展的眉头遽然皱起，“澜依！”他的口角利落而干脆，没有分毫感情的牵连。

叶澜依纤手微摆，卷着鬓边垂发，“王爷不要生气！”她的语调凄苦如晦，笑靥却和鬓边月季一般明艳夺目，叫人为之神眩，“不到这一刻，我始终不能死心。”她停一停，“我早猜到，若我遣开淑妃身边一众宫人，王爷不能放心，势必会远远跟随。”

玄清怒气未减，双眉紧蹙，把我牢牢护在身后，掷地有声，“你若伤她，我必然不顾昔日之谊。”

我相望他颀长的背影，知心长相重，如是情意，我除了珍重放在心间，别无他法。

月色如一掬清水，哗然轻泻，拖出细细长长的人影。远处水红色的宫灯明明如遥远的星子，风吹着身旁的柳枝轻颤，月亮也仿佛有些悬悬欲坠。那样柔和的月光，各自默默，所有的情思都掩映在疏眉朗目间。

“她不想杀我。”我轻轻吐出几字，转脸看着玄清，“她若真要我的命，方才不会刀刃朝下，刀背抵着我的要害；在永巷之中，也不会只放一只猫来扑我。甚至，她可以下毒，不必这样明目张胆自己动手。投鼠忌器，你便是她的器。或者，她尚未恨我到要我的性命。”

浣碧皱眉嫌恶，“不会！”

我看着滟贵人，心平气和，“因为你知道，即便没有我，清也不会喜欢你。或者……”我微一沉吟，“你只有逼得自己死心，才肯好好在宫里活下去。”

玄清微微不忍，看着她道：“其实皇兄很宠爱你。”

“很宠爱我吗？”她清冷的神色在月光下有凛冽如冰的清醒，似残缺的漏月，格外触目惊心，“我若不喜欢他，宠爱于我不过是囚牢束缚罢了。”她眸中有幽幽的情意，如不尽的春风缠绵着花朵，“王爷，你对人太好。你对我的这一点好或许只是你的怜悯，可是对于我，已是毕生不可得的温暖。”她眸光流转，似笑非笑盯着浣碧，“我已经明白，王爷此生再不会爱护谁胜于淑妃。真是可怜！”她幽然一句叹息，不知是在叹自己，还是在叹旁人。

清风拂过，稀疏的花木摇得月影破碎，仿佛谁的心也跟着一齐碎了。

浣碧身子一颤，默然望着湖水出神，“我不过试你一试罢了。”她轻笑，如三月清风拂动檐间风铃，听得人心襟荡曳，不免心意迟迟，“左不过从此以后，我也会尽心护着王爷倾心所护之人，就当报答昔年之恩吧。”

她只身离去，良久的静默，玄清看着我手上的珊瑚手钏，轻轻道：“你戴上了。”

我轻轻“嗯”一声，月色如霜，照亮洁白的人心，愈加显得这手钏盈盈鲜红欲滴，像极了心口的朱砂痣。“这是惟一的念想。我能做的唯有如此，再多，便是逾越了你我的本分。”我停一停，平息胸腔内呼之欲出的留恋不舍，“要说的话从前皆已说尽，宫规森严，身份有别，告辞。”

我疾步离开，带动身边花枝簌簌，逃避开他所有的气息。

2. 暗香微度玉玲珑

仿佛一颗蕴藉的珍珠，一切都含蓄缄默了下去。

浣碧扶着我急急回宫，甫踏入未央宫大门，望见柔仪殿前烛火通亮如白日，一颗心才怦怦地安定下来。浮生若斯，柔仪殿不啻于一所华丽的拘禁之地，然而又何尝不是我的安身之所。

心绪如扇尚未收拢，却见小允子喜滋滋地迎了出来，“娘娘可回来了，叫奴才好找。李公公来了呢。”

我微微蹙眉，“本宫不过和浣碧往园子里逛逛醒醒酒，凭他什么事，难道候不得一刻吗？这样急三火四的。”

小允子笑得合不拢嘴，“还真是了不得的大事，娘娘知道了必定欢喜。”话音未落，却见一个身形娇小的女子直奔向我怀里，双膝一软跪了下去，再抬头已是满面珠泪，唤道：“大姐姐——”

浣碧且惊且喜，低呼一声，道：“三小姐！”

心下蓦地一软，忙将怀中女子一把拉起，几乎不能相信，面前长得如晓玉芙蓉一般的女子竟是阔别十年的玉娆。她身形长了许多，然而眉眼间灼灼神气，一双灵动含烟的妙目，与小时一般无二，更兼与她一照面，直如见了自己年少时的形貌一般。我喜不自胜，连连笑道：“好、好——”话未说完，已忍不住落下泪来。

玉娆忙来擦我的泪，强笑道：“一别十年，如今相见是高兴事儿，大姐怎么反而哭了呢。”说着止泪笑向浣碧，唤了句“碧姐姐。”

浣碧亦是含泪，打量着玉娆道：“三小姐长了好些呢。”

李长在旁陪笑道：“娘娘可别高兴坏了，二小姐也来了呢。”我举目望去，果见殿前廊下，玉姚垂手站立，默默垂泪不止。家中数年来变故无数，比之玉娆，我更心疼玉姚锦绣年华被管家辜负践踏如斯，以至今日依旧云英未嫁。

我忙上前拉住她手，尚未开口，她已哽咽难言。良久，才轻轻唤了句“大姐”。我仔细打量她，虽说入宫相见，也是一色半新不旧的秋香色流云纹褙子，眉眼低垂，神色凄苦。虽依旧是从前温柔静默的样子，人却更沉默了许多，似失了一缕魂魄一般，整个人没有了生气，委顿得如深秋里的垂柳一般。

玉娆轻轻叹了一口气，道："自从管家……"

我按住玉姚的手，温和道："我都知道，只是苦了你了。"

玉姚眉心倏地一跳，头垂得更低下去，凄然道："大姐，我没有……"

我心下不忍，柔声哄道："都是过去的事了，咱们再不说了，好不好？"

她沉默下去，再不言语。

李长见彼此伤怀，忙上前笑道："皇上为娘娘高兴，特意请娘娘家人入宫相见，给娘娘一个惊喜。皇上还说了，请两位小姐安心在宫里住下，只当陪娘娘。"

我环顾四周，问道："怎不见本宫父母，他们可也来了？"

李长笑道："皇上已下旨召老大人和夫人回京，为着叫娘娘宽心，两位小姐日夜兼程先过来了，想必不出几日老大人和夫人也能到京了。"

我冷淡道："皇上的心意本宫心领了，只是本宫家父乃是罪臣，皇上虽然开恩召两位老人家回来，又有什么意思。倒叫他们奔波劳碌。"

李长小心翼翼赔笑道："皇上怎能不体贴娘娘的心意，虽没让老大人官复原职，却已叫人修缮了娘娘娘家从前的宅子，请老大人和夫人安心留在京里颐养天年。"

我点头不语，玉娆轻轻哼了一声，大是不屑一顾，玉姚悄悄拉一拉她的袖子，暗暗摇头。

我静一静神，温然道："皇上此时在贞贵嫔处，你也不必去打扰了，本宫明日自会前去谢恩，你且退下吧。"

李长打了个千儿，笑道："是。还有一桩事——六王爷说娘娘今日册封之喜，旁的东西也就罢了，只把镂月开云馆上所有合欢花赠与娘娘。王爷说合欢花能安五脏，和心志，悦颜色，娘娘日日折来赏玩也好，熬粥补身也好，总不辜负了就是。"

我心下一动，随即明了，口中淡淡道："有劳王爷费心，你替本宫谢过王爷就是。"

玉娆轻轻一笑，如银铃一般，道："这位王爷心思倒也别致，不似寻常俗物只懂送些金啊玉的。"

李长挽了手中拂尘笑道："三小姐头一日进宫，不晓得咱们六王爷心思奇绝的地方多了去了，何止这一桩别致儿呢。三小姐往后就知道了。"

我当下也不言语，只执了她二人的手进去，通宵夜话，互诉别情。

次日，我安排了玉娆住在未央宫偏殿的永宝堂，玉姚素日爱静，又不喜见人，便择了最偏僻的印月轩住。

这日起来，正巧眉庄携了采月过来，人未进门，先听得朗声笑道："听说姚儿和娆儿来了，淑妃好大的面子！"

我笑道："不过是皇上眷顾罢了。"

眉庄淡淡横我一眼，笑道："在我面前，何须说这些场面话儿。"

我淡淡一笑，"皇上眼里是母凭子贵。"

眉庄轻嗤一声，转身见玉娆出来，不觉一怔，随即拉玉娆的手，连连点头，"多年不见，昔日的伶俐丫头出落成花朵儿似的美人了。"

玉娆含羞低了头，道："眉姐姐。"

眉庄只作不见，笑吟吟道："娆儿自幼就和你相像，如今越发是了。"

时光似一江春水东流而去，烙在眉眼间的唯有风霜的痕迹，再无少女时的清纯天真，仿佛一颗蕴藉的珍珠，一切都含蓄缄默了下去。看着玉娆，如看见自己昔日的影子。然而比之我当年，她又更多了一分坚毅和活泼，恰如灼灼耀眼的宝石，流光溢彩。

坐下吃了一会儿茶，眉庄似有心事，望着玉娆怔怔出了会子神，方道："可去拜见过皇上了？"

玉娆闻言顿时蹙眉，深有嫌恶之状。我知她为昔日甄府变故和我出宫修行之事深怨玄凌，自是不肯去的，于是摇头道："才安顿下来，也不忙着去谢恩。"

眉庄拈着茶盖，牢牢盯着我道："我觉着……"她半天不语，只把目光做无意一般掠过玉娆，"说句不怕忌讳的话，娆儿怎么长得有几分傅如吟的品格？"

我心下一动已然明了，不觉震动，强笑道："人有相似。你是怕皇上看了讨厌？"

玉娆好奇，"傅如吟是谁？"

眉庄微叹一声，"皇帝从前的宠妃，后来被太后赐死了。"

玉娆不屑地蹙眉，"姐姐从前是他的宠妃，后来被他害得家破人亡；傅如吟是他的宠妃，到头来也被赐死，可见做皇帝的宠妃可是天底下最倒霉的事。"

我微微横她一眼，示意她噤声。

眉庄眼眸间似拢了一抹淡淡的薄烟，点头道："傅如吟之事惹了多大的风波，皇上瞧见了生气厌烦玉娆倒也罢了。只是到底是你妹妹，虽说容貌上似傅如吟多些，到底是更像你。皇后姐妹便是双双入宫……虽然皇上身边新得了一个荣更衣，然而不能不防着。"

我心中深以为然，愈加感念她的细心，便道："她们虽奉召入宫，到底也没有封诰，也不需特特地去谢恩了。"

玉娆一听，不觉眉间宽了两寸，笑浮两靥。我不觉看她，沉声道："喜怒不形于色方是闺阁女儿的修养，何况是在宫里。"

玉娆低头绞着衣带不语，倒是玉姚沉静些，安静答了句"是"。

眉庄拨着小手炉的盖子，低头沉吟道："既来了，不去拜见帝后也罢，太后那里总是要走一走的，也不好太失了规矩。"

我颇为难，踌躇道："若说厌恶傅如吟者，宫中莫过于太后。我怕……"

她想一想，“太后不是不明理之人，傅如吟是傅如吟，玉娆是玉娆，总不能混为一谈。眼下咱们就一同去，若太后心里真有什么，说说笑笑也能解些。”

我瞧一瞧玉姚和玉娆，随手抚摸着香炉上细腻的花纹，深以为然，“还是姐姐想得周全。只是她们装束也太清简些，只怕失礼，若要梳妆更衣起来，只怕再得叫姐姐等半个时辰。”

眉庄起身从珐琅彩婴戏双连瓶中折了一枝紫菊簪在鬓边，蕊寒香冷的花朵愈加衬得她容色柔和如清波，施施然笑道：“家常衣裳才好，别落了刻意，只叫太后知道有这两个人就好。”她语重心长道：“你才册封，两个妹妹又这样出挑，小心叫人捉你的把柄。”

我颔首赞道：“若论稳妥，惟你而已。”

于是我搀住眉庄同行，领着玉姚和玉娆往太后宫中去。太后才念了佛经在与庄和德太妃说话，见我与眉庄进来请安，不由笑道：“今儿倒很热闹，只你身后两个俊丫头看着眼生，倒不像是寻常的命妇夫人。”

眉庄笑吟吟道:“太后好眼力，是淑妃娘家的两位妹妹，奉旨进内来陪伴淑妃。”

太后神清气爽，兴头颇盛，道：“自先帝几个帝姬出嫁，许久没眼生的姑娘家在哀家跟前转转，且上来仔细瞧瞧。”

我悄悄推一推玉姚，两人依次上前，我只笑道:“臣妾的妹子年幼，左右不懂规矩，还请太后教诲。”

太后拉着玉姚的手细瞧一回，见她拘谨的模样，不免怜惜，“可怜见儿的，长得甚好，只是瞧着身子骨儿不足，得叫淑妃好好调理着。”

庄和德太妃亦笑着凑趣，“可不是，二小姐好文气秀静。”玉姚依言谢过，垂首站在一旁。

太后含笑转首，只拉着玉娆的手看，

笑向太妃道："只看这手就细白如玉，真真好皮肉儿，模样就更不必说了。"说罢看玉娆的脸。

玉娆不骄不怯，依礼伶伶俐俐唤了句"太后"。太后兴致勃勃，然而一见玉娆的脸，刹那面色一白，只怔了片刻，转脸去看太妃。

太妃亦怔了一怔，送到嘴边的茶盏亦停住了，颇有惊诧之意，旋即笑道："果真好俊模样，连咱们太后也看住了呢。"

太后有片刻的失神，凝神细看着玉娆的脸庞，然而很快笑起来，"当真好模样儿，很明快活泼，不像娇生惯养的孩子。"太后微微叹息，"巴山蜀水凄凉地，倒磨练出个美人儿来。"

玉娆闻言敛容，轻轻道："多谢太后怜惜。"

太后微微点头，转脸向太妃道："咱们家的孩子到底天真娇贵些，可知孩子们幼时只读书识字也不成，要多多历练才好。"

太妃手伏在膝上，身子微微前倾，赔笑道："太后说笑了，豪门千金轻易连大门儿也出不得，何况咱们宫里的金枝玉叶，哪里来的历练呢？"

太后轻轻叹息了一声，靠在手边弹花软枕上，望着案几上一盆白玉雕琢的百合花微微出神，道："话虽这样说，然而她们姐妹到底是不同的。"

我隐隐有些猜到，也不便点破，口中笑道："太后这话说得很是，妹妹比臣妾小时可沉稳多了。"

太后含笑向我，又叫孙姑姑赏了盘蜜橘在我面前，道："哀家虽不知你小时情景，然而看你如今，可想当初也不会逊色。"说罢停一停，摘下手上一只温润剔透的翡翠镯子拢在玉娆腕上，那镯子水头极好，通体翠绿，盈盈似一汪碧水，十分通透。

太妃笑盈盈道："还不快谢太后，这可是她多年的爱物儿了。"

玉娆忙谢了恩，太后悠悠道："凭什么好东西也要看给谁用。这孩子很好，红酥手遇翡翠镯，总不算辱没了这镯子。"说罢看之不足，又叫孙姑姑取了一对事事如意簪来，向玉姚道："身子太单薄了，装束也清淡，只给你润色妆奁罢。"

眉庄与我皆不意太后会如此喜爱玉娆，目光相触时皆有意外之喜，一颗心稍稍放了下来。眉庄半靠在椅子上，拢着杏子红的团锦臂帛笑道："难得太后这样喜欢这对姐妹花，不如为她们在京中择个婆家可好？日后也好和淑妃常常见面。"

太妃有些讶然，道："还没婆家吗？"

眉庄道："淑妃爱妹心切，哪里舍得把她们嫁在巴蜀呢。"

太后闻言不觉失笑，"好！好！咱们这对天聋地哑的老婆子没旁的本事，保媒说亲却是最好的。"

太妃连连颔首，笑道："正是。如今咱们正好放出眼光来挑挑。"

我剥了个蜜橘递到太后手中，接口道："如今淑和帝姬已经长成，虽说还要留两三年，可是总要挑起来了。不如太后先过个瘾，拿了玉娆试试手吧。"

太后一手指着我，掌不住笑道："什么淑妃，竟越发猴儿嘴了。明明心疼她妹妹，却说的哀家不肯上心似的。"说罢一径对玉娆说："得空便来哀家宫里坐坐说话，平日除了你姐姐宫里，淑媛、敬妃、贞贵嫔处也可去走走。"她微一踌躇，到底还是嘱咐了一句，"皇帝政事繁忙，见面又是一番行礼规矩的麻烦得紧，无事就不必让她们到跟前去了。"

3. 寥落悲前事

断送无数期盼的，热烈的，纯挚的心。

如此闲话了告退出来，彼时上林苑中秋光如醉，一路且行且看，倒也十分得趣。

眉庄抚着胸口道："阿弥陀佛，竟是咱们多心了。我看太后和太妃见了玉娆片刻说不上话来，心道坏了。谁知两位却半分也没想到傅如吟，还很投缘呢。"

傅如吟原本就很像纯元皇后，此刻玉娆得太后眼缘，多半是让太后想到了纯元皇后的缘故。我看一眼兴高采烈的玉娆似一只轻灵的蝴蝶翩跹于上林苑中，安慰之余亦轻轻叹息了一句。

眉庄兴致颇高，指着一处的银桂笑道："你初进宫时棠梨宫里的金桂甚好，如今看着这银桂竟也毫不逊色。"

我凑近嗅了一嗅道："的确不错，更胜在香气清雅，闻之五内俱清。"说着叫浣碧和采月各折了几枝，预备着回去插瓶，又去看旁的花儿。

正说笑着，却见前头一位宫装女子携了几名侍女，想是亦在上林苑里赏秋。待走得近了，却见是祺嫔。她自禁足出来后，再不复当年之宠，亦深恨于我。此刻避之不及，只得踅了上前，屈膝道："管氏给淑妃娘娘请安。"

她心内不忿，又有些气性在，不肯自称一句"嫔妾"，我当下也不计较，只道："祺嫔起来。"

玉姚闻得"祺嫔"二字，又听她自称"管氏"，身子微微一摇，不觉脸色青白。待得看清她的脸庞，不自觉倒抽一口凉气，失声道："你们兄妹长得很像。"

祺嫔微微疑惑，细细打量她两眼，旋即明白，不觉扬唇冷笑，"二姑娘回来了。"她的目光深深盯在我身上，似要剜出两个洞来，口中却笑道："有个好消息还不曾告诉二姑娘。我哥哥管溪已在五年前娶了怀州曹判的女儿蒋氏为妻，如今已有二子一女。哥哥步步高升，娇妻美妾，当真是托赖淑妃与姑娘的福。"她嘴角的笑意渐深，语气愈加轻柔，"哥哥娶亲的日子，正是姑娘与家人到江州的日子。哥哥小登科之喜，恰是姑娘一家平安到达，这日子可真当是个好日子。"

她说罢笑得花枝乱颤，容色愈发艳丽。正得意间，却听“啪”的一声，一记耳光重重扇在她脸上，正是一脸忿恨的浣碧。

祺嫔登时大怒，却也不敢立刻还手，顿足指着浣碧道：“好！好！凭你一个低贱奴才竟然敢掌掴小主，可真是吃了熊心豹子胆了。”她脸上一阵红一阵白，瞪住我道：“淑妃这般纵容下人，如何能协理六宫，嫔妾要向皇后申诉，嫔妾不服！”

浣碧满脸怒容，厉声喝道：“娘娘面前，凭你也敢称二小姐‘姑娘姑娘’地这般僭越！便是庄和德太妃面前，太妃也称一句‘二小姐’呢，倒容得你放肆起来了！你可是想越过了太妃去吗？圣人说‘养不教，父之过；教不严，师之惰’，小主如今这番模样儿，必定是父兄不教之过了。奴婢虽不识礼，却也劝一句小主，别行动丢了你们管家的脸。纵然都知道是没脸的，好歹也给父兄存一点面子。何苦来哉，谁不知道你哥哥的官儿是踏着多少人的身家性命上去的！你若为了这事不服小姐要向皇后申诉，我们便也去听听是谁不知礼数不敬太妃。”

眉庄盈盈一笑，嗅着手中一枝金灿灿的桂花，击节赞道：“好，好！去了一个伶牙俐齿的流朱，浣碧的口角也分明起来了，且句句在理，是读了好些书的样子。”

我亦不去理会祺嫔，只向眉庄笑道：“姐姐不知道，浣碧这丫头行动就抱着书，夜夜点灯夜读，快要读出个状元来了。”

浣碧红了脸，“娘娘说笑了，奴婢不过是识得几个字罢了。”

眉庄眼角飞扬，“你调理出来的人儿，能不读出几本四书五经来吗。”

我笑着拉过含悲的玉姚，含愤的玉娆，笑吟吟道：“我竟是不能了，被两个小冤家烦着都不够。如今玉姚和玉娆来了，她们三个在一处读读书也好，正巧有个伴儿。”

我们一径说笑，只把祺嫔晾在一边。过了许久，祺嫔再忍耐不住，扬声唤道：“淑妃……”

眉庄缓缓转过头来，疑惑道：“你是什么人？”

祺嫔既惊且怒，却不敢反驳，只忍气吞声道：“嫔妾交芦馆正五品祺嫔管氏。”

眉庄冷笑一声，柳眉倒竖，“你要仔细！本宫是从二品淑媛，娘娘是正一品淑妃。咱们说话，怎容得你小小一个祺嫔插嘴多话，后宫竟没有规矩了吗？方才你说淑妃纵容下人，本宫倒看淑妃忒厚道了，纵得你不知上下高低！”她顿一顿，“淑妃宽厚，本宫却不肯厚道。采月，给本宫掌她的嘴。若皇上皇后问起来，本宫自有话去回。”

采月假意劝道：“娘娘切莫生气，好好地万万别动了胎气。前头安贵嫔就是几番冲撞了娘娘，人还没什么言语呢，皇上就不许她出宫，祺嫔小主何苦来讨这个不痛快。”

祺嫔听得这话不好，不得已跪下身来。眉庄犹未解气，恨道：“她仗着娘家有些军功便不识眉眼高低，在本宫和淑妃面前张狂起来了。她是忘了从前华妃的例，凭她什么娘家，皇上的眼里可容不下沙子。话说回来，若是从前在华妃面前这样子，照例便赏了‘一丈红’了。”

祺嫔一惊，不敢回驳这话，忙咬唇更低了头。我微微一笑，挽着眉庄的手道：“什么‘一丈红’不‘一丈红’的，姐姐千万别气伤了身子。祺嫔娘家的确有功，本宫哪里敢杖责她，见了面还要给她留三分情呢。只是规矩不能不立，花宜——”我指一指太液池边的石阶，道：“那里风好水好，不会憋气，你带着祺嫔跪到那儿去，拿老子的《道德经》给她读读，叫她静静心，别太失德。待祺嫔读完了，你再回来。”说罢与眉庄同行，笑道：“我宫里的秋菊开得很好，咱们一同去看看。”

才行两步，却听身后的祺嫔忿然道：“娘娘要罚，嫔妾自不敢驳。只是娘娘别得意过了头，位高人愈险，娘娘以为坐得稳淑妃的位子吗？”

我转头看她，不觉失笑，“本宫的位子稳与不稳，自然不是因为你。”

祺嫔深深微笑，眼中有幽暗如磷火的光芒，幽幽迸出几分倔意，道：“嫔妾自然不入娘娘的眼，难道娘娘一家都是好的了吗？”她的目光有意无意在玉姚身上拂过，“吃里爬外的人多着呢，娘娘偏能眼里容下沙子，胳膊折了往袖子里藏！”

我听着她的话不像，立时喝道：“花宜好好看着她。她若敢延怠，就按淑媛的话，狠狠掌嘴。”说罢，自带了人离去。

行得远了，玉姚忍了半日的泪忍不住落了下来，抽抽噎噎的哭声夹杂在风声呜咽里格外叫人生怜。

我温言安慰道：“她说的那些都是疯话，你别往心里去。这日子跪在太液池边吹风念经，够她受得了。”

玉姚闻言神色大变，更是掌不住哭了起来，抛下众人掩面便往未央宫奔去。玉娆性急，一路追了上去，我心下着急，忙向小允子道：“还不快追上去！”说罢便匆匆向眉庄告辞。

才至未央宫大门，槿汐已然满面焦急迎了出来，道："二小姐一路哭着跑进印月轩，关了门也不许人进去。奴才们怕出什么事，顾不得规矩闯进去一看，二小姐已然悬梁了。"我头上一阵发晕，耳中嗡嗡直响，槿汐忙扶住我道："娘娘安心，已经救下来了，亏得发现的早，不打紧。"

我心下焦痛，忙忙便要往印月轩去，槿汐忙拉住我道："娘娘别急，奴婢瞧二小姐心绪不安，已请温太医喂了安神汤药，只怕这会子要歇息呢。"

我这才稍稍放心，提着的一口气缓了大半，握住槿汐的手道："幸亏有你——"

槿汐忙道："并非奴婢，恰巧温大人来给小皇子请平安脉，否则拖得一时片刻可怎么好。"

我在印月轩外头，隔着窗棂见玉姚沉沉睡去，方才由槿汐陪着进了柔仪殿。槿汐手势熟稔，点上瑞脑香，为我揉着额角，轻轻道："方才出去还好好儿的，怎么二小姐忽然寻起短见来？"

我心下急痛，"还不是祺嫔那贱人，专挑刺心的话来说。玉姚从前受了退婚之辱，如今还要被负心人的妹妹羞辱……"我心下大恨祺嫔，又不免痛惜玉姚，道："到底也是玉姚心性软弱，若换做……"

玉娆一步踏了进来，朗声怒道："若换做是我，必饶不过害我之人，怎会伤了自己性命！"

槿汐忙福了一福，我向玉娆招手道："你来了正好。我正有话问你，从前在江州，

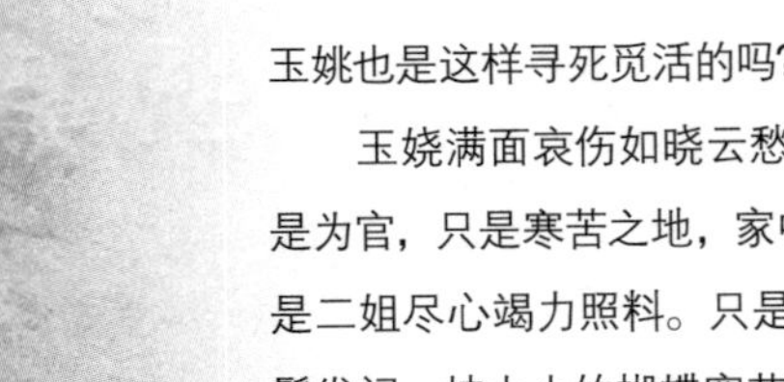

玉姚也是这样寻死觅活的吗？”

玉娆满面哀伤如晓云愁雾，“被管家悔婚自是奇耻大辱，自到江州，爹爹虽还是为官，只是寒苦之地，家中甚是拮据。我那时还年幼，爹爹与娘又年迈，家中都是二姐尽心竭力照料。只是二姐她终日啼哭，这五六年间并未转圜。”玉娆恨极，鬓发间一枝小小的蝴蝶穿花珠钗上的须翅栗栗颤动，“管家负婚也罢，世上拜高踩低的人不少。可恨管溪那厮太负心薄幸，咱们家被贬他就迫不及待娶了旁人，今日管氏又如此欺辱二姐！”

我听得“负心薄幸”四字，心下不禁一动，想起方才种种，祺嫔话中所指似乎不只是折辱玉姚被退婚一事。两下里一想，心中愈加明白。

大殿内沉静如水，快入冬的天气，黄昏时分的光线似厚厚的阴翳，叫人透不过气来。殿内渐渐昏暗下来，仿佛有一根针刺在心口上，慢慢地逼进，要挑破郁积已久的那滩脓血。槿汐缓缓把深重的大门关上，一盏一盏点上灯火。我的声音在空寂的大殿里听来格外疏落，“娆儿，你要告诉我实话！”

仿佛是夜里睡得不足，脑袋里昏昏沉沉的，心跳得格外缓慢，一突一突，好似要窒息了一般。浣碧轻轻在我耳畔道：“二小姐醒了，小姐可要去看看？”

我缓缓点一点头，站起身道：“到底身子要紧。玉娆，我们去看你二姐姐吧。”

坐得久了，膝上有点酸麻，站起来时晃了一晃，浣碧赶紧扶住我，“小姐小心。”

远远传来“哐啷”一声，在静夜里格外惊心，印月轩那头隐隐有呼喊哭闹之声。我顾不得腿酸，急急扶了浣碧的手出去。才至印月轩门口，只见灯火通明，仆妇宫人乱作一团。玉姚只穿了一身素色的寝衣，长长的头发散乱地蓬着，手里紧紧攥着一块碎瓷片抵在喉头，满脸泪痕斑驳。

玉娆面色雪白，忙冲进去道：“二姐，你别糊涂！”

合宫宫人吓得劝的劝，跪的跪，呼号磕头不止，玉姚只哭个不休，瘦弱的身子簌簌颤抖着，却半点退意也无。她的指缝间隐约滴落鲜红的血液，顺着雪白的手臂蜿蜒而下，分外触目惊心。

我急痛攻心，又逼出一层怒意来，厉声喝道：“由着她去！若她死了能抵得过心中愧恨，何必阻她去寻死！只是亲者痛仇者快，怕又更添了罪孽，叫父母亲人伤心！”

玉姚身子猛地一颤，倒退两步倚在床栏上，眼中泪意更盛，滚滚滴落下来。她似失去了所有力气，缓缓、缓缓跪下身去，扑倒在床边埋首呜咽不止。

我凝眉肃然，低喝道："都出去！今夜的事谁敢往外乱传一句，本宫便割了她的舌头！"

槿汐忙领了人掩门出去，玉娆仍旧牵挂着依依不舍，到底也被浣碧拉了出去。玉姚蜷缩的样子似一只受伤而无处可逃的小兽，我扶了她两把，她只执意于哭泣，不肯抬首。我静一静心神，用力抬起她的下颌，照着她泪水汹涌的面庞狠狠扇了一记耳光。

她的哭声在耳光中戛然而止，只静静、静静地看着我，愣愣出神。胸口有剧烈的气息如海潮起伏，我极力压抑着道："被人利用感情是可怜，被人愚弄感情是不智，恶果深重却只知逃避哭泣是昏聩！你若伤了自己叫父母伤心不安，更是不孝！我这一记耳光打醒你，只告诉你亡羊补牢，为时未晚，甄家的女儿虽不聪明，但不能失了志气！"

玉姚狠狠地抑住喉头的哽咽，脸上五个红肿的指印痕迹分明，眼中的伤心、委屈与愧恨愈加浓翳，一双温婉的细长双眸似被浓雾笼罩了一般，没有半分生气。

她的手不自觉地牢牢攥住我的手腕，手心温热的血液粘在我的手臂上，仿佛沁入我的心一般。

良久，良久，手臂被她握得失去了知觉，只觉得这样的麻木也是习惯了的。玉姚骤然爆发出一声激烈的悲鸣，伏在我怀中号啕大哭，唤道："姐姐！姐姐！"

那样悲痛的哭声，仿佛积蓄多年的沉痛，无数的悲与愧都迸发了出来。

她的哭声，如一击击重拳击打在我胸口，我心中酸痛，不觉悲从中来，抚着她瘦得突起的背脊默默垂下泪来。

遇人不淑！一个"不淑"要误了多少女子的终身！断送无数期盼的、热烈的、纯挚的心！

不过是一瞬，我旋即止住了泪意，用力咬住下唇。待她哭得够了，方缓缓拉了她起来坐下，温和道："从前你或许还有一分痴心，如今祺嫔的话你已经听得分明了，管溪负心薄幸，不过视你为棋子而已。"

玉姚咬着唇，凄然道："原本再怎样，心里总存了一分念想，他或许是迫不得已——

可如今……”话未说完，又滚滚落下泪来。

我抚去她脸颊的泪水，沉静道：“今日你既明白了，就不必再为这个畜生伤心——不值得！我只告诉你一句，嫂子和致宁惨死，哥哥在岭南也已被人逼疯了。姐姐现在问你的话，你愿意答便要句句老实答我。如若不然，只要你觉着对得起自己的心，对得起从小养你疼你的父母兄姊，我便无话可说，由得你去。”

玉姚猛地抬头，目光中有无尽的自责与伤痛，瑟瑟道：“哥哥他——”

我按住她的肩头，沉声道：“你放心。我已着人接了哥哥回京医治，只是咱们甄家沉冤多年，我一己之身虽不足惜，但爹娘年迈，难道要带着洗不清的罪名去见甄家的先祖。甄门家破人亡，管家虽不是始作俑者，然而为人爪牙，忘恩负义，断断容它不得。”

玉姚凄惶垂下眼睑，双手把绉绸裙子揉得稀皱，“我罪孽深重，只盼能稍稍赎罪，过得心安理得些。”

我看着她，屏息道：“你只告诉我，管家为何能知道哥哥与薛家和瑞嫔娘家洛氏来往的诸多细节，以致当日告发哥哥时冤他谋反观望，虽无明显之据，然而微末之事却能一一对上？”

玉姚垂首，几乎要把头抵进胸口去，声如蚊讷，“是我。管溪问我，我便说了。”

我倒吸一口凉气，“甄家闺训甚严，怎容你和他想见就见？难道你真曾与他会面？”

玉姚的指尖不自觉地揉搓着，双颊绯红如烧，“那年母亲带我与嫂嫂去上善寺进香，机缘巧合碰上了管家的轿子，正是管路与管溪陪着老夫人前来进香。因哥哥与管路是同僚，他家老夫人与娘闲话了几句，又听他家老夫人极力夸口，赞管溪孝顺……”

“那时你便留了心？”

玉姚慌忙摇头，极力道：“我不过以礼相见，连看也不敢看一眼，怎敢留心。”她的手按在心口，眼波里渐显柔婉的神气，轻轻道：“半个月后，我与茗儿同去珍宝阁看首饰，谁知挑拣的东西多了，反而把姐姐从宫里赏出来的多宝戒指给弄丢了，我心里急得了不得。谁知正遇见管溪在珍宝阁外间选扳指……”

“他便帮你寻着了？”我瞧一眼她无所装饰的手指，“既然是我从宫里赏下的，你又那么重视，丢了也非寻着不可，想必不会轻许了人。”

玉姚越发低头，红了眼圈，“那日他寻着了却不肯还我，只把他的扳指给了我做交换，又道咱们是世家熟识，不必拘礼。于是……咱们就这样认识了。不久，管家就来提亲，哥哥问我的意思……”

玉姚眉眼间虽是神色凄苦，却不失一分沉醉之色，想必当初，少女春心初动，自有无限旖旎风光。我轻轻叹息了一句，拔下银簪子剔一剔烛火，“你自然不会拒绝了。小时候看戏文，每每见一男一女因小物相识，结下缘分，总不过以为是戏文罢了，或是那家小姐从未见过世间男子，才会不辨贤愚，一心栽了下去。”我心下有气，“闺阁间来往，好不好的男子你总也见过几个的。”玉姚越发局促不安，眼泪汪汪地嗫嚅着只不说话，我终究不忍，那一年太液池杏花如云，我何曾能辨贤愚好坏，不由道:“罢了罢了，情之所钟，谁还顾得上旁的。总归是咱们命薄罢了。”

玉姚低声道："我总以为他是真心待我，才有几面之缘就急着来提亲的。既定下了婚事，虽不能由着咱们见面，可是后花园一墙之隔，他常常隔着墙头来与我说话。有时也遣他家小鬟悄悄塞给茗儿一封书信，或者趁我与娘上香时偷偷在佛寺外见一面，咱们就这样……”

“你胆子倒是大。”

玉姚窘得难堪，“只给玉娆见过一次我和他写信，也被我糊弄过去了。”

我心里暗暗叹了一声，她以为糊弄去了玉娆，岂知玉娆自幼是个伶俐的，怎会轻易瞒得过去。我顿时起疑，“你们这般私相授受，可做出什么不文之事来？”

玉姚慌忙摆手，紫涨了脸，“没有没有，我总以为终身有托，而他也往往只问我些哥哥与爹官场上的事。我不懂那些，只得告诉他爹爹与哥哥常和哪些人来往。”

我心口恶气上涌，用力握紧手指，牢牢盯着玉姚道："你竟是个糊涂的，你和他统共就见了两次，他家就来提亲，这本就有些仓促。以至日后相见或者鸿雁往来，他只问你些官场之事，探知爹爹与哥哥的事，你竟丝毫也不起疑？他若心里真有你，难得见了怎不问问你的安好，倾诉衷肠，倒只念着这些？！”我思前想后，气极难耐，重重在桌上拍了一掌，“你是糊涂油蒙了心，竟连真心假意也不会分了，只一腔痴心送上去，竟落了旁人的圈套也不知！”

话音未落，玉姚复又嘤嘤哭泣起来，我怜她痴心，怨她糊涂，又恨管氏一族太

过狡诈，不由道："如今便是哭出一缸眼泪来又有什么用！"

烛火被我的掌风带得重重一跳，烛芯渐渐长了，萎黑的一截，似焦卷了的一颗心，迫得烛火幽幽黯淡下去。

玉姚渐渐止了哭，只神色呆滞望着窗棂上的雕花暗格怔怔出神，容色凄迷。我轻轻道："他既问了你这样多，言谈之间不会一句都不提到他们家的事。你细想想，可有什么不妥之处，只管说给我听。"

玉姚极力思忖，断断续续说了四五件事出来，我只凝神不语。

夜半时分格外地冷，那更漏声也似冻住了一般，冰冷生硬地一滴，又一滴，炭盆里的红罗炭渐渐熄下去，只微微地透出一点红光。

玉姚的手这样凉，我想起一事，轻轻道："他送你的那枚扳指呢？"

她下意识地拢住衣领，道："扔了，去江州那一日我就扔进了灞河里。"

我点点头，伸出发凉的手，拿起一把小银剪子铰下乌黑的烛芯，徐徐道："你瞧这烛芯，烧得乌黑了还不剪下，迟早烛火也会熄灭。管溪就是你心里的那根焦了的烛芯，如不彻底剪了他……"我轻轻叹息，"姐姐剪得了蜡烛的芯，却剪不了你的。你若不自救，没人能救得了你。"

玉姚拉住我的衣袖，抽噎道："姐姐，我知道错了。"

我扶住她的肩膀，"你自然有错，错在轻信于人，没有细细思量。但若不是管家设计，你到底也是无心。"我柔声道："知错之余还要振作，甄家没有只知哭哭啼啼的女儿。"

她点一点头，耳垂上的米珠坠子动也不动。我心下无奈，已经伤心了那么久，真要忘却又是何等艰难。旷日持久，凝成心里一个破碎纠结的疤痕，永远提醒着自己不堪回顾的往事。

我唤进槿汐，好好安顿玉姚歇息，独自走了出来。玉娆依旧在柔仪殿等我。到底年轻贪睡，已有些睡意朦胧了。见我进来，忙起身道："二姐可好些了吗？我去瞧她。"

我静静饮了一盏浓茶，"我已经叫槿汐进了安神汤，叫她睡了。"

玉娆稍稍放心，一眼瞥见我手里的浓茶，不由得道："即刻要睡了姐姐怎么还喝浓茶？我叫人来点安息香。"

我拔下发髻上一支金簪，有意无意在紫檀桌上划着，轻叹道："左右今晚都是睡不着了，不如清醒些也好。"

玉娆知我难过，坐到我跟前道："姐姐，你是淑妃，管氏怎么浑不怕你？"

簪子的冰凉硌在手心，我苦笑道："你以为淑妃的名头有什了不起。一则她娘家到底有些军功在，二则宫里好歹有个靠山，三则她早知狠狠得罪了我，我必不能原谅她，又何必迎合我，索性撕破脸到底罢了。"

玉娆点水秋眸微微一亮，"姐姐如今有协理六宫之权……"

"她索性与我撕破了脸，我反倒不能以手中之权肆意压制她，否则一旦传到太后或皇上耳中，难免以为我蓄意报复。"我支颐合眸，"祺嫔有句话说得不错，位高人愈险，家中又败落，娆儿，我实在如履薄冰不能不加倍小心。何况祺嫔的靠山，是我尚无十分把握能驳倒之人。"

玉娆低低惊呼一声，很快垂眸不语，轻声道："我知道了。"

"所以如今你们都在宫里，也要一切小心。"

玉娆用力点一点头，"但咱们不能轻纵了那些算计咱们家的人。"

心里有灼灼的滋痛，仿佛燃着一把野火，我手中用力一划，桌上的织花团金线桌布应声破裂，我随手把簪子一丢，淡淡道："即便我肯不与祺嫔计较，只看玉姚这个样子，我必不会放过管氏一族！"

从“后宫文学”到一本女人经

——对话流潋紫

地　　点： 杭州·延安路·银泰星巴克
时　　间： 11月26日16:30–18:30
对话人物： 流潋紫（类型小说名家，《后宫》作者）
夏　烈（文学评论家，上海盛大文学研究所执行所长）
六桥烟（杭州《都市快报》记者）

天有点阴沉，但没有风，也不冷。着一身玄色的六桥烟早早到来。星巴克人很多，背景音乐十分happy。她挪了几次座位，胜利地转战到靠着落地大窗的舒适位置上。然后是夏烈。然后是流潋紫——迟到是美女的专利。

也许是江南才子的惯例，夏烈和很多美女熟识。由他做端口，流潋紫和六桥烟才接上线。流潋紫是个抢眼的美人，1米65的身高，一头披散的长卷发，蹬着靴子，更显高挑。她肤色很白，大眼睛，是正版的明眸皓齿。外套是短款，很靓，给人花团锦簇之感。

据说女人看女人更准，所以六桥烟对流潋紫的意见是：明艳，压得住，很有点“正宫”的范儿。

A 作品

六桥烟：什么时候开始写《后宫·甄嬛传》的？

流潋紫：2006年——大三那年的寒假。

六桥烟：怎么想起在网上写小说的呢？

流潋紫：在家里很无聊，又不想出去，就上网。学生时代，不在学校的时候，一般都是在网上阅读。喜欢的那几个小说网站看看，觉得自己也能写呀，就写了。

六桥烟：干吗写古代的后宫？

流潋紫：我挺喜欢看《金枝欲孽》的，可是里面破绽挺多，就想自己写个故事，打发时间。

六桥烟：《后宫》第一段就是甄嬛进宫等着被挑选吧。

流潋紫：是。写的时候是过年期间，日子比较热闹。在那个氛围下就从进宫开始写了。

夏　烈：《后宫》开头是从甄嬛的回忆和视角开笔的，当时一看就知道你是能写的好手，干净，有范儿。写蓝澄澄如碧玉的天色，写大雁结队飞过，然后写宫门外的秀女成群……从天到人，舒缓有致——今天当面夸你一下吧。（笑）

六桥烟：你读的是浙师大，你们师范大学中文系是女生多？

流潋紫：我们班45个人，只有7个男生。刚进师大的时候，我的感觉就是——被美女淹没了。

夏　烈：（坏笑）好像是刚进宫时秀女们聚在一起的感觉嘛。

流潋紫：（笑着白了夏烈一眼）。

夏　烈：女人多，所以产生了丰富的女性间关系，这对《后宫》创作有利吧？

六桥烟：寝室会吵成后宫一样？

流潋紫：没啦。我们寝室关系很好的。出去都是六个人走成一排。毕业至今还常常见面。不过别的寝室就有，吵架的，或者被同寝室美眉关在门外的。

夏　烈：男女比例差别如此之大，女生在恋爱方面应该有激烈竞争。

流潋紫：是，并且男人会比较自私。

六桥烟：（连连点头）男人自私，文学作品里全都是。

流潋紫：像元稹[1]。以前我还很喜欢他的诗。他一方面写《莺莺传》，有点悔意，另一方面，还有点得意。还有苏轼，用小妾换了匹马……

夏　烈：（狐疑地）有这事吗?

六桥烟：还有唐玄宗呢，马嵬坡也自私了一把。

夏　烈：那是在生死面前的软弱。可以原谅吧?（问流潋紫）

流潋紫：（宽容状）可以原谅。反正后来他也生不如死了。

流潋紫：还有鲁迅——

夏　烈：（维护地）鲁迅没有吧。

六桥烟：（煽风点火）说!

流潋紫：我觉得他是懦弱的。无力设计他的感情和婚姻生活。虽然他的理由之一是孝顺母亲。

六桥烟：他因此是眼睁睁看着一个女人一辈子忍受痛苦的。

夏　烈：这样评价鲁迅未必公道。你们不知人论世，简单地从两性生存状态讲他跟朱安的婚姻总会有振振的说辞。并且，男人的自私是很复杂的。（居然叹气）

流&六：（有些抵触）你说说看。

夏　烈：无论男女，首先都得被既定的文化模式规约，人类至今还是男权中心时代，所以，男人的角色也是被这个文化模式塑造的。在这个文化模式中，社会要求男人有责任，要刚强，要功成名就，甚至要统治和占有女人。男人越成功，就越要能把控女人。这是社会对男人的角色要求。也因此，男人越成功，社会化程度就高，在情感之外的注意力和考虑也就复杂而多元，除去真正属于没心没肺、品质恶劣的那类，有些细节则是思维方式和注意力的不同，而这些，常被女人归结为自私。

流潋紫：越说越让女人心寒啊。（笑）

---

①元稹（779–831），字微之，河南河内人。中唐著名诗人。与白居易并称“元白”。其传奇《莺莺传》（又名《会真记》）叙述张生与崔莺莺的爱情悲剧故事，为唐人传奇中的名篇。后世戏曲作者以其故事人物创作出许多戏曲，如王实甫《西厢记》等。唐德宗贞元十八年（802），太子少保韦夏卿的小女儿年方20的韦丛下嫁给24岁的诗人元稹。她勤俭持家，任劳任怨，可造化弄人，809年，韦丛因病去世，年仅27岁。爱妻驾鹤西去，诗人无比悲痛。韦丛去世后两年，元稹在江陵府纳妾。

夏　烈：我们说文学啊。我听著名话剧导演王晓鹰谈《雷雨》，聊到周朴园，这个被我们所有教科书解读为感情上虚伪、专制、老谋深算的反动资本家，他的小客厅里30年都保留着当年的模样。家具是旧时的，布局是旧时的，连不能开窗的习惯也是旧时因为青年侍萍怀孕不能见风而至今不许人开——我们需要注意的是，一、30年；二、这中间搬过好几次家，最早在无锡，最后在上海，几次搬家全不是同城——这个“自私虚伪”的男人能这样做30年，我是觉得简直令人震动。现如今跟美眉们海誓山盟的男生不知道有几个可以这样“自私虚伪”30年的？所以，王晓鹰在处理《雷雨》的时候，把周朴园、周萍和周冲联系在一起，认为他们原是不同年龄的同一个男人，就像不能怀疑周冲对四凤的爱那样，恐怕也不能怀疑青年周朴园对侍萍的爱。周冲、周萍、周朴园的三位一体，代表了一个男人的不同时期，社会化程度越来越高，看着也越来越“自私”。——我这样说男人，其实也是在思考你《后宫》里的皇帝和六王爷玄清所产生的联想。（三人沉默了一会）因为你觉得男人自私，所以正如有读者说的，你后来把书里的皇帝写得很不可爱，把所有男人的缺点都集中在他身上。

流潋紫：是的。开始大家是都觉得皇帝还算可爱，后来就变了。

六桥烟：你那些人物（性格或者命运）是写的时候就想好的？

流潋紫：流潋紫：就是刚才说的，第一天写，写了2000字，然后整个寒假就一直写。到开学，就把这事忘了。后来瞧了跟帖，有那么多网友喜欢，感觉挺好，就继续写。人物的性格也是写着写着才越来越清楚的。

夏　烈：反正悲剧意识是深深烙下了。相爱的人分离，不爱的人在一起。

流潋紫：是的。想到鲁迅说的，悲剧就是将人生有价值（美好）的东西毁灭给人看。我也有这意思。

六桥烟：然后就在网友的鼓励下一直写下去的？

流潋紫：到大四的时候，有出版社来找，出了书。《后宫·甄嬛传》现在出到五卷。后面还有两卷就结束了。

六桥烟：以后打算再写什么？

流潋紫：还是写后宫，不过是写别的朝代，别的人物了。

夏　烈：（笑）换批人玩玩了。

流潋紫：对。

六桥烟：对了，流潋紫的笔名有何出典？

流潋紫：呵呵，说了恐怕是在给雅芳化妆品做广告了，我当时写的时候正在用雅芳新上市的一款“流潋紫”唇膏。

夏　烈：早知如此，我们做这本《流行阅》该让雅芳做广告赞助的。（笑）

六桥烟：周围的熟人朋友知道你在写作不？

流潋紫：刚开始写的时候没告诉同学，连BF也不知道。后来到大四，大家才知道了。我不喜欢让亲近的人看，有点，有点像近乡情怯的感觉。

六桥烟：对写东西有没什么目标？现在已经挺红的。

流潋紫：我把写小说和生活分得很开的，生活是生活，写东西就是爱好。我现在寒暑假写（流潋紫在生活中的身份是一所杭州中学的麻辣女老师，教语文），明年我们班学生上初三，比较忙，可能就不写了。

夏　烈：你还是蛮幸运的。你按自己的兴趣写作，市场又接受，某种程度上保护了你的一些理想主义。这在生活中本是很难的。许多传统作家和网络作家都未必有这样的机遇。

流潋紫：是蛮幸运的。

六桥烟：同事和学生知道你是流潋紫吗？

流潋紫：知道。他们挺喜欢。还喜欢沧月、南派三叔他们。很崇拜呢。我就告诉学生们，谁表现好，我就要来沧月、南派的签名送他们。

夏　烈：我问了，沧月他们对签名能贡献教育感觉很欣慰。

流潋紫：（骄傲的）我们班上的语文成绩是全年级最好的。

B 成长与文学

六桥烟：《后宫》超婉约的，没想到你本人这么阳光。

流潋紫：大大咧咧。我天秤座。

六桥烟：那该细腻呀。

流潋紫：反正不像我小说的主人公那样狡慧。小时候跟男孩子打架。

六桥烟：一般小女生都是哭着告老师。

流潋紫：我是先打，打完再哭再告老师（笑）。

六桥烟：描绘一下小时候的生活和居住环境吧。

流潋紫：我老家在湖州。典型江南小桥流水的那种景色。石子铺的小巷子。木头大门。里面是有天井的老房子。走楼梯吱嘎吱嘎的。我家是大家庭，爷爷奶奶爸妈我还有叔叔一家。吃饭都是一大家子一起吃。孩子里，爷爷最喜欢我。我和弟弟吵架打架他总是偏向我。

六桥烟：堂弟?

流潋紫：又是堂弟又是表弟。我妈妈姐妹俩一起嫁给我爸他们兄弟俩。

六桥烟：哇。

流潋紫：还有一个妹妹。堂表妹。

夏　烈：（一本正经）你不是还有个走丢的双胞胎哥哥？上次你不是还问我是哪儿人，捡的还是我妈生的吗？

流潋紫：哪有啦。乱讲。（但神色有点可疑，似笑非笑的。）

六桥烟：（狐疑地看看两人）真的假的呀。

流潋紫：妈妈说女孩就要温柔忍让，但我小时候就是爱打架。有时还撒娇。在地上打着滚地撒。初中是叛逆期。那时候我们的班主任特BT，牛仔裤不能穿，裙子不能穿，皮鞋不能穿。谁穿谁就是坏孩子。

六桥烟：女老师?

流潋紫：男老师，20多岁。特变态。那时候我觉得特别压抑。

夏　烈：唔，“压抑”。女性独特的成长环境。也是你小说的关键词。

流潋紫：后来上高中环境宽松多了，我就狠狠的，天天穿牛仔裤，蹬8厘米高的高跟鞋去上学。

夏　烈：释放了。

流潋紫：那时有两位语文老师对我影响挺大的，她们都很古典。其中有一位，永远都是穿裙子。

夏　烈："古典"是你小说的又一关键词。说说诗词歌赋，从小说里看出你这方面的修养是不错的。

流潋紫：小时候爸爸教我认字，买了很多书。唐诗，宋词。忘记什么版本了，反正是没有注释的。要自己去感觉。

夏　烈：喜欢哪些历代诗人？

流潋紫：李清照、苏轼、温庭筠[1]。有时候我打架了，大人把我关在房间里，我就看这些书。

六桥烟：《红楼梦》何时看的？

流潋紫：六七岁时。

六桥烟：不会吧，也太早了点。

流潋紫：爸爸给买的。小时候就纳闷，怎么书里的这女孩这么爱哭呀。

六桥烟：那时都看中国古典多？

流潋紫：嗯。上高二时有一次逛书店，偶然看到《源氏物语》，很喜欢。

六桥烟：这本书看的人不多的。其实很美。也是后宫故事噢。

流潋紫：看的时候就觉得里面的紫姬很完美，但又那么悲剧。

六桥烟：源氏公子不好。男人自私。咦，话又绕回来了。

流潋紫：然后上大学，又学中文。

六桥烟：喜欢的小说和作家？

---

①温庭筠(801—866)，本名岐，字飞卿，太原祁(今山西祁县)人，又名温八叉。晚唐著名诗人，诗与李商隐齐名，并称"温李"。词尤佳，在中国最早词集之一《花间集》中搜有他的词66首，被誉为花间派鼻祖。性情不羁，生平传奇。

流潋紫：苏童。《妻妾成群》、《红粉》。看《红粉》很震撼，里面的女人不是薄命，就是变态。

夏　烈：这算是接上当代文学的谱系咯，接着说。

流潋紫：毕业论文做的是《苏童笔下的女性世界》。苏童的《红粉》系列和《我的帝王生涯》都写得很好，对我都有影响。

夏　烈：苏童似乎对你们不少女性作家都有一定的影响，沧月讲到她阅读的时候，也专门提到苏童的小说。对了，还有别的吗？比如张爱玲。

流潋紫：喜欢。像她的《金锁记》、《倾城之恋》。

六桥烟：《金锁记》里七巧是被金钱摧残的女性。

流潋紫：反正我觉得，一，我不要像张爱玲那么红，出名那么早。二，我不要结婚结得像她那么惨。

夏　烈：呵呵，很好。从你的成长和阅读，其实能找出今天《后宫》里的观念和审美的渊源。

流＆六：（笑）我们随便说。归纳和暗示的活儿归你。

C 女人经

六桥烟：除了被男权社会压抑啦等等这些大道理，其实女孩子喜欢看“后宫文学”还有别的原因——女孩子骨子里都愿意三千宠爱在一身的。看你书里甄嬛受宠的“侍儿扶起娇无力”那几章，心里超爽的。

夏　烈：那是。读的人都愿意自己喜欢的小说人物的结局美好顺利些。何况是甄嬛出现时是这样纯真可人，聪慧而对爱情充满理想的女子。但俗世是现实的，生活中女生得自强自立才好。

流潋紫：是，应该要自强自立的。

六桥烟：你BF是大一就开始谈的呀？初恋就遇到真命天子，难得。

夏　烈：（坏笑）谁说是她初恋？

流潋紫：（白他一眼。对六桥烟）军训时就开始谈的。学兄，比我高一级。整个大学时代么，我是认真谈恋爱，顺便学习拿奖学金。

六桥烟：（开始八卦）谁追的谁？

夏　烈：（见流潋紫沉吟，不由分说道）女生都是先看上男生，然后想办法给对方机会，最后又死死咬定是男生主动狂追。（摇头）女生都是这样子，受不了。

流＆六：哎，就要这样！

夏　烈：女人经来了。

六桥烟：你BF什么型的？

流潋紫：爸爸型。照顾人的那种。

六桥烟：受呵护超幸福的。而且你们这么一路谈下来，很顺。

流潋紫：也有波折呀。

六桥烟：讲讲。

流潋紫：（把手里一直拿着的录音笔拿开了）自己的事不讲了啦。

六桥烟：泛泛吧。泛泛讲。

流潋紫：恋爱过程中总有波折的。这样的事看也看得不少了。比方谈着谈着冒出小三。

夏　烈：呵呵，小四就是郭敬明了。（三人笑）

六桥烟：这种事很多的。

流潋紫：一般是不甘心的。……肯定要想办法灭掉小三的嘛。

六桥烟：（急切地）关键是怎么灭。

流潋紫：先要忍。（说话间那种正宫气势又显现出来）女生对待这种情况反应都不一样的，有的是发火吵闹。

夏　烈：自乱阵脚了。

流潋紫：对嘛。不能那样的。要忍。当然了，前提是你爱那男生，觉得值得为他忍。当然忍不代表无所作为。你忍着，小三就着急了。不是有句话嘛，相处久了就像左手拉右手，没有激情了，但是左手也不会砍右手吧？所以你忍着，男生就没机会破罐破摔，而小三就会出错牌了。

六桥烟：那心里总会气，总想发火的呀。

流潋紫：可以发的呀，等把小三灭了，再发。

六桥烟：（有些崇拜地看着流潋紫）要我就做不到。我一定乱吵的。

流潋紫：我觉得可以。一般我脸上生气的时候，往往还不是很气，真的很气就笑眯眯了。

六桥烟：不会吧，你有这么高段位？看起来超坦率的呀。

夏　烈：（画龙点睛般点评）素质。

流潋紫：有时候女生真的很没用。比如我们大学曾有个坏男生，很会玩弄女生，但是被骗的每个女生都相信他会因为爱而改变。

六桥烟：很帅吗，他？

流潋紫：是很欺骗吧。一张娃娃脸，特纯洁无辜似的。

六桥烟：啊？

夏　烈：这就是女人的懦弱了。这么多人上当，怎么就不采取措施惩罚那男生。

流潋紫：就是嘛。如果是我，我拿刀杀他。（笑）开个玩笑。

夏　烈：在处理女性间的关系和恋爱问题上，女人是该有那么一套女人经的。

流潋紫：我蛮喜欢看这类故事的。最近看的碟《鬼铃》，讲一个小三被埋到墙里面的事。很好看。还有一本《阿娘》，讲女鬼报复人。哎，我喜欢看恐怖、悬疑、侦探型的。

六桥烟：噫。

流潋紫：还有TVB的《珠光宝气》，讲三个女人嫁人的故事，我也喜欢。还有《金婚》。

六桥烟：我LG看到电视里的蒋雯丽就头大，说，这女的一出来就又吵又嚷，真受不了。可我就觉得她吵嚷得挺有理的。

流潋紫：绝对不能吵。

夏　烈：能不能吵都是技术也是艺术，你《后宫》的故事就包括这些女人经了。当然，我觉得你们刚才讲的女人经，其实是生活中的一种郁结。女人们在服从男权中心社会的规则之后，把唯一的重心放在与男人的情感生活上。如果出现情感危机或者挫折，不甘心失败并且智商较高的，都会捉摸出一套

女人经，即所谓的男女求胜之道。其实从心理学的角度讲，这就是内心的郁结，以后的一切都围绕着那个心结展开，而不是内心的纾解。所以，你《后宫》实际上浓缩了这种郁结的气场，成了展现你女人经艺术的文本。

流潋紫：你说的有道理。（半开玩笑半认真）也许长期生活在7：3的男女比例中的缘故！所以我不愿意再留在师范大学啦。

夏　烈：嗯，看来小说创作也是生活中情感的投射。

六桥烟：我真觉得流潋紫是很“正宫”型的，就是理智与情感都有的那种。（虔诚状）你再给我传授点灭小三的独门心经吧。

流潋紫：不要给他们男生听到，否则就不灵了——

爱情跳槽

文/辛唐米娜

看野史才知道跳槽这词源于青楼。冯梦龙在明代编的民歌集里有一首歌名就是《跳槽》，歌是这样唱的：你风流，我俊雅，和你同年少，两情深，罚下愿，再不去跳槽。

在古代能跳来跳去的，多半是青楼女和男人。良家女从来都是槽还没有看清楚就被拴死一生。青楼女却可以在男人间跳来跳去，有时图钱，有时图才，有时图爱情。再不去跳槽只能是一个美好的心愿，想成功，除非结婚，否则，不管钱少了还是爱减了，该跳还得跳。青楼女不跳才是怪事，但是些良家女子敢跳槽，就会跳进史学家的著作里成为风流韵事。比较著名的有：为更美好人生主动跳的红拂女、武则天；时局所迫，被迫跳的貂婵（哦，杨玉环也算）；感觉婚姻沉闷，为情欲大胆一跳的潘金莲……她们看上去跳得不错，至少符合跳槽的同义成语：另栖高枝。

另栖高枝从来都不是贬义词，珍禽嘉兽择木而栖，既然我又“珍”又“嘉”，怎么能不择不跳一棵树上困死？

记得看过国外某著名夫人的一本书——国内的女人一张婚书就当了终身合同，不到万一，怎么也不会主动撕毁，但是这位夫人却不同——她在书中劝女孩们一定要结婚，结婚的好处在她解读来是这样的：已婚女人比单身女人更容易在社交中认识好男人。而她就以自己为例，举出第二任丈夫就是和第一任丈夫一起参加社交活动时认识的，而第三任丈夫又是在她和第二任丈夫参加社交活动时认识的，然后她不无幸福得意地强调现在的她已经寻到最适合她的男人，如果当年她没有和第一任结婚，天晓得又珍又嘉的她得通过什么途径找到对的那个人。

这种做法有点夸张和不负责任，最好大家都能在婚前尽情折腾，一旦走进婚姻，争取再不去跳槽——多嘴地说，婚后跳槽劳师动众代价惨痛。

初恋就修成正果，那不是美好的传说。我不相信你们运气和情商都好到遇上的那个人就正好是你要找的，从小就明白自己需要什么样的爱情而且随着成熟成长人生观情爱观世界观都不曾变更过。大家从来都是在爱情中学习爱，在爱错一种人后明白了哪种男人（女人）不能碰。所以，多谈几场恋爱，换个男友或者女友，我绝对不会向你扔道德的鸡蛋。

知道我支持爱情跳槽，估计很多人会松口气，然后想和我握握手，叫声知己，理直气壮继续跳。

唉，但是——

跳槽这事儿，跳多了就会有风险——像《红菱艳》里穿了红舞鞋就停不下来跳舞一直跳到累死的舞女一样，跳出了习惯，想停也停不了。职场上如果有人的履历一年里跳了四五次槽，面试官多半就会皱起眉头，归纳这人没定性，缺乏执久力，不相信这人能在本槽里安心安下，因此连机会都不给直接判出局。爱情里如果有人不停跳，众人也会印象不佳，认为他们不是花心就是有毛病——按心理学上讲，不能与人维持长久关系的人多半有人格障碍。

而且，跳槽不但靠眼力，还得靠运气和智力——有些人越跳越好越跳越明白自己的方向，有些人却是拿牛换了羊拿羊换了公鸡拿公鸡换了蛋然后蛋碎了。

开始坐而论道

文/孙昌建

一个朋友在MSN上说，她走出电影院一直到下汽车，眼泪还在眼眶中打转，她说的是《赎罪》。但在我看来这一类文艺片总是带点娘娘腔，虽然也有宏大的叙事战争的场面什么的，但一般来说就是女作家在那里自言自语，而且是传统的自言自语。

我也受过些许感动的，但这种自言自语要出新意甚难了，就像我们的国产片绝对不表现赎罪一样，但人家欧美搞这类题材，就好比中国作家去写高考作文，要得满分也是难上加难的，弄不好还不及格。

难出新意的还有黑帮片、警匪片和西部片，这些大概就可叫作类型电影。去年奥斯卡最佳影片奖给了《无间道风云》，今年给了《老无所依》，都是名导之作。有人说了，都很一般啊，我说没有最好，只有比较。

比较之下，《老无所依》好像比《赎罪》有点味道。一个少女偶然撞见姐姐的秘密，然后引出了漫长的故事；而一个猎人（资料上说是兽医）无意中进入一个凶场，发现一大笔钱，有趣的是这个猎人不是惟一的主人公，还有那个杀手，那个老警察，好像味道全在这三个男人的戏中。尤其是那个杀手，多么有棱角的一个男人，他获得了男配角奖。这也对，这个电影没有男主角，如果有，就是这三个男人。

这三个男人的关系，也不纯粹是老虎、棒子和鸡的关系。猎人拿到了钱，杀手来追猎人，然后警察又来追他们，基本的逻辑关系是这样的。但如果光是这样理解，要有多少乏味和精彩全看你的本事了。照一般的逻辑，这个杀手一定是要给抓住的，所谓邪不压正嘛，要么一阵火拼同归于尽，但是这个电影里的老警察就像个大学教授，他好像经常在思考一些深奥的问题。这让我想起早些年的《低俗小说》，那里面的两个杀手在开枪之前还会背上一段圣经的。对了，《老无所依》的风格跟《低俗小说》有点相像，只是更简单了，越是简单越有力量。余华曾幽默地说自己的小说受欢迎，那是因为自己识字不多文化不高……

好看就好看在不按逻辑关系走。比如这个杀手在决定一件事情之前先要扔硬币，这你可以说是在玩个性吧。光是说这个硬币的故事，也可以说是一部类型小说或电影的材料了。而这个老警察到了片子结束时已经退休了，是他觉得无能为力还是其他什么的？从讲案子到讲人生，我也没有完全看懂，最后老警察去看那个坐在轮椅上的老男人，这应该就是他的父亲？以前也是警察，他们谈起了往事，而往事总是人生的范畴了。比老警察更老的老人，从他的对话中已经宽恕了什么，这是不是在暗示那个老警察，你所做的一切也是徒劳的？因为老无所依，因为世界的荒谬，因为你作为一个警长也不能去改变什么。从这里也给我一个启示，坐而论道最好不要由教授来论，比如由屠夫来论，由养猪专业户或盗墓专业户来论，那一定更精彩，因为如让孔子来论，那等于是让南怀瑾或于丹来论，我们已经基本知道套路了。

所以《老无所依》这个片子表面上看是个西部枪战片的外壳，但里面装的东西却很不一样。三个男人，互相都没有照过面，所有的戏又都在他们三人之间。而且这三个男人也都是硬汉形象，三个男人都少言寡语，血腥是有的，但还不算是特别渲染的那一种，包括在卫生间用布遮住后再开枪，包括猎人妻子之死都不直接表现了。以前那种西部片的模式，基本还是警和匪，或是盗与盗之间的直接对话。而这一回一开始出现的还是一个好男人，他在一刹那，在钱财面前迷失了方向——这是我们每个人都有可能的，而他这么做的一个最主要的原因是——他爱他的妻子，他想让妻子过上好日子——这也是我们男人悄悄把私房钱投到股市基金中去的理由，当然有时还是去赌场的理由。

由《老无所依》我们还可以举出《血色将至》，那里面牧师坚持要论道的行为，比起主人公开挖油井的执著更为执著。

但是电影不是用来完全论道的。杀手扔硬币偶尔论一下道，这在外观上叫酷，在精神世界里是要找到这个人的出发和归宿。这一类电影，始于案件（事件），归于人生（终点）。

陈 绮 贞

她的声音像一把软的刀子，
无声无息划过你，
等你回神的时候，
已经伤到最深的地方，幽微地痛着。

孤岛

词曲：陈绮贞
专辑：《 Demo 1 》

你说的每句话　都像是一幅画
我要把它看个仔细　我要把它想得透彻
看不清你的心　是一片水蓝的尽头
我要拨开层层乌云　张开在黑暗中的眼睛
我从你的话语之间才明白你和我之间
不需要语言　不需要一字一句

字与字的连结是你情感的流线
即使是无声的停顿　也是最完美的表情
走不近你的心　是一座孤独的岛屿
放弃了乘着风浪　不漂流 在你的四方
我从你的话语之间才了解
你和我之间　失去了语言
失去了一字一句的空间

九份的咖啡店

词曲：陈绮贞
专辑：《Demo 3》

这里的景色像你变幻莫测
这样的午后我坐在九份的马路边
这里的空气很新鲜　这里的感觉很特别
仰望这片天空　遥尽我对你的思念
窗外的星空像你嬉笑不眠
这样的午夜我坐在九份的咖啡店
这里的街道有点改变　这里的人群喧闹整夜
望着朦胧的海岸线　是否还能回到从前
昨日的单纯今天的实际像你
而你也早已不是你
我的心　是一杯调和过的咖啡
怀念着往日淡薄的青草味
窗外的景色像你没什么道理
这样的午后我在忠孝东路的咖啡店
这里的街道有点危险　这里的人群面无表情
想问你也问问自己　是否还会记得从前
昨日的单纯今天的实际像你
而你也早已不是你
我的心　是一杯调和过的咖啡
怀念着往日淡薄的青草味
怀念着往日的坚持和现在你我的改变

陈绮贞虽不曾大红大紫，
但她身后一直有一群忠实的歌迷。
她刚刚开始在民歌餐厅唱歌的时候，
听众不多，
她很喜欢在每首歌之间说说话，讲讲对歌的感觉，
有点像老师上课。
通常，演出结束的时候，
她总说：
今天的演唱就到这里，下课！

所以，歌迷叫她“陈老师”。

《城市画报》
曾在广州中山大学举办“陈绮贞遇见城市”歌友会，
门票只送不卖。
开唱那天，
台下满满当当挤了1300多人，
包括花200－300元买黄牛票进来的外地观众。
演唱中，台下男生用广州话齐声喊：
“陈绮贞，我爱你！”
声音一浪高过一浪。

陈绮贞看一看台下，
低下头说：
“你们继续，我想想该唱什么。”

卡奇社

卡奇社成员

颗粒：主唱 词曲　　　FLY：编曲 制作

颗粒和FLY都很低调质朴，一点都不张扬，这让人感觉他们与同龄的年轻人有些不一样，更让人感觉和现在艺人们真的不一样。采访过他们的媒体普遍认为，现在还有这么纯朴的艺人，难得。

颗粒的话：

音乐从没教我们拒绝，卡奇社的世界没有边界。

每个来听我们音乐的人，都会给它们新的生命，你可以不喜欢，但请不要用所谓的风格来框住它们的自由生长。

日光倾城

词曲：卡奇社
专辑：《日光倾城》

从一个高的地方去远方　从低处回家稍纵即逝的快乐
转动的车轮它载着我　偶然遇见月光倾泻的苍白色

彩色的路标　禁止通行的警告　天空之下　我们轻得像羽毛
双眼是盲目的最佳玩伴　还是选择了不选择的旅途

明媚的角落反射着光芒　蝴蝶飞过城市高楼开出了花
被它唤醒的生命短暂一瞬　偶然丢失的彩色化作了粉末

彩色的路标　禁止通行的警告　天空之下　我们轻得像羽毛
双眼是盲目的最佳玩伴　还是选择了不选择的旅途

观看了一颗流星坠毁了　所有的人会为此而难过
抱怨这城市日光太曲折　只有日光还唱歌

三大原创类型小说网站点击排行

起点中文网 www.qidian.com

排名	关键词		作者
1	西方奇幻	盘龙	我吃西红柿
2	星际战争	诸神的黄昏	撒冷
3	篮球运动	光荣之路	贺兰才人
4	星际战争	机动风暴	骷髅精灵
5	异术超能	星战士传说	宛若新衣
6	异术超能	恶魔法则	跳舞
7	古典仙侠	洪荒玄松道	李色佛
8	都市重生	改写人生	徐奇峰
9	异世大陆	神墓	辰东
10	电子竞技	流氓高手	无罪

NO1、盘龙

写书者卖瓜：大陆上传说中的四大终极战士之一的“龙血战士”已经千年没有再出现过了，而唯一有着龙血战士血脉的家族也渐渐衰败了下来，成为了一个小镇的普通贵族。而这个衰败家族中的继承人，年仅八岁的小林雷在踏入已经布满灰尘的祖屋当中的时候，却无意得到一枚看似极为普通的戒指——盘龙戒指！

观书者评（ciqgone）：剧情单调，模式化，情节走向遵循“先天不足→一朝顿悟→刻苦努力→深仇大恨→压力重重→统治天地”；主角的挫折属于昨天遭殃、今天吃肉的情况，大挫折就是挂掉配角，小挫折就是被困山林。这还叫挫折吗？

NO2. 诸神的黄昏

写书者卖瓜：一个被苍天眷顾，然而却又被遗弃的人。一个无比先进，然而却又充满束缚的世界。在这个靠基因等级来决定未来的世界里，他只有返祖般的零级基因。然而，这个在冰冷的野外星球中29天依旧不死的婴儿，用自己顽强的生命力，宣示了他的可怕。一个被称为无冕之王的奇怪游侠，以及比他更神秘的他的老师，一个永远面无表情的老太婆。他们把他当作一生最得意的作品在锻造，不止是战胜一切的力量，还有温暖人心的力量；不止是世事练达的聪明，还有洞察人心的智慧。只有在那幽黑的宇宙中放射的光芒，才能让人真正了解他究竟拥有多少能量。那将是足以与恒星媲美的光芒。

观书者评（ciqgone）：其实每次看撒大的书，总能够感受不断自我挑战的过程。从最早的《YY之王》，到《玩到你崩溃》乃至后来的《艳遇谅解备忘录》和《天擎》，总能看到撒大的不断超越自己和敢于塑造不同人格主角的精神。在撒大的作品中，总是可以感受到新的提高。尽管在之前的书的最后结局中，我们可发现主角总是选择撒大所推崇的过分隐晦和生涩的生活，但是不可否认，撒大的每次创作都是一个新的开始。

NO3. 光荣之路

写书者卖瓜：这个故事讲述的是平行时空中一个美国华裔少年的成长历程，他有一个狗名，他有一张俊脸，他有一个有趣的家庭，他有骄人的天赋，他还有若干女朋友，最后这一切都与篮球有关！如果你喜欢NBA赛事，这里会瞎掰一些你知道的和不知道的；如果你对欧美文体圈感兴趣，这里将点燃熊熊八卦之火。

观书者评（跳舞的剑）：我觉得它是一本竞技小说！没有那让人已经腻歪的“热血”。篮球是快乐的，有时要战斗，有时会赢，有时会输，但不是纯粹的热血！更不是狗血！向你致敬，才子。不过也向你默哀，因为你这套书注定在起点“小众”了（结果这篇被“预言”小众的书，冲上了月榜的前三甲）。

排名	关键词		作者
1	欢喜冤家	月上重火	天籁纸鸢
2	架空历史	流水迢迢	萧楼
3	校园爱情	微微的微笑	蝶之灵
4	都市情缘	当土鳖遇上海龟	恩顾
5	都市奇幻	乐医	老草吃嫩牛
6	灵异神怪	狐狸相公	跳跃的火焰
7	架空历史	弦歌南望	夜幽梦
8	黑帮情仇	当糟糠遇见黑社会	瞬间倾城
9	灵魂穿越	永夜	桩桩
10	欢喜冤家	七上九下	安思源

NO1. 月上重火

写书者卖瓜：重雪芝，重火宫的少宫主，为了将门派的光辉发扬光大，从小刻苦习武，却如何都及不上她的父亲，曾经武霸天下的重莲，常年活在负罪与困惑中。月上谷谷主上官透，传闻他追女人就像钓鱼，鱼上钩下锅，煮熟吃光，抛骨扔刺，至多七日。对他相当了解的某老板补充说明，昭君夫人从开钓重雪芝到扔之，计划是三日，也只需三日。

观书者评：天籁纸鸢就是一金字招牌，你若不信，看晋江的总积分榜便知，前十中天籁有二（天神右翼、月上重火），前百位中天籁独占六席，这样的战绩绝不多见，更何况这些小说都是从月榜、季榜、半年榜、编辑推荐榜几乎是榜榜不落地上来的。天籁主角多是“邪教”中人，率性潇洒，如火焰般耀眼吸引着众人目光，但同时骄傲，也招来更多的嫉恨、白眼和误解，结果有情人难成眷属，即使成了，悲伤的调子总是萦绕不去。

NO2. 流水迢迢

观书者评（蛔蛔）：说实话，《流水》中的两个男主都有点让人心动，都是嫡仙一样的男子，都是那么目空一切，又都是那么高处不胜寒，冷硬的心田却又都有那么一份不为外人道的脆弱。谁说只有柔弱女子需要怜惜，这样的男子也让人忍不住想细细呵护，替他抹去眉头那阴霾的愁与痛，而小慈却恰恰扮演了这样一个角色，她外表柔弱，内心却十分坚强，尽管自己前路堪忧，却总忍不住关心身边的人。那样的温暖让裴琰与卫昭先后陷落，他们渴望这份温暖，却也害怕这样的温暖，通往至尊权力的道路上容不得他们心里残存一点温情，因为这样的温情很可能成为他们的致命伤。他们为难了，挣扎了，仿佛心口被烙上了朱砂，那样绝美，却也那样刺目；纵使再小心掩藏，却再也无法忽视胸口那份情动的炽热。

NO3. 微微的微笑

写书者卖瓜：他习惯独立，不信爱情。他嚣张孤傲，热情似火。他亲切温和，却从不敞开心扉。接吻的激情，只延续几秒。做爱的快感，只延续几分钟。而牵手的信任，却可以一辈子。

观书者评（小爱）：看着文，就像看到了真实的微微和小叶子一样，这样真实又优秀的两个人，辗转曲折的故事，经常让我跟着揪心，心疼微微那个有如螃蟹夹子的口风，心疼误会了微微而自虐的小叶子，也心疼为了对方而心疼的两个人。小蝴蝶笔下的两个人，写得非常真实。就像我们生活中的每一个人，都有自己的优点和缺点。蝴蝶说，两个人是有原型的，总让我不禁去猜想真实的人物，幸福的生活，是非常值得感动的一件事。

排名	关键词		作者
1	奇幻修真	极度香艳	三界新圣主
2	都市言情	好色的外科大夫	三品酱油
3	武侠悬疑	绝色诱惑	旧客听雨
4	都市言情	极品艳遇生活	偶是小星哥
5	古典仙侠	至尊小厮	断章
6	古典仙侠	幻剑神谭	天涯牛角
7	奇幻武侠	傲世乱天	安家良人
8	都市言情	艳遇人生	地狱来客
9	都市言情	都市男女	新月狂雪
10	奇幻武侠	金戈戏女录	冰风异羽

NO1. 极度香艳

写书者卖瓜：所谓男儿本色风流无罪，看凌天飞史上最牛叉穿越，做女人练玉女心经，做太监练葵花宝典，做男人玩转女儿国！一路泡妞，香艳第一。但是所谓“风流而不下流，淫荡而不淫贱，搞笑而不恶搞，伤感而不狗血！”小说在情节跌宕中，极力用幽默生动的语言为大家讲述一个另类的与众不同的故事。虽然凌天飞遭遇的诸多美女各有千秋，但恐怕他穿越之旅最大的收获该是知晓了“爱情也只有通过努力得到才值得珍惜”这一道理。

观书者评：小说有个香艳的开头，但看下去却发现了是个不大不小的误会。虽然回到了古代，还穿越成了人妖，但是小痞子还是小痞子，纵情花丛的野心没多大变化。尽管作者口口声声说本书与众不同，但除了性别越了界，其他没啥不一样，都是偎红倚翠间隙，在古人官场、后宫玩点“厚黑学”。值得庆幸的是，凌天飞终于找到了真爱，也有了“袖手天下为红颜”的时候。

NO2. 好色的外科大夫

观书者评：平淡的日子过腻歪了最希望来场风波。所以叶祥这样放荡不羁的个性却被按上了现实生活中最寡淡无味的职业，先是学生，后来是医生，但后半段渐入了佳境，却爆出了人物富有传奇色彩的家庭背景，也带出了黑帮争斗，暗地厮杀，到底是应了“金麟化龙”的预言，还是原本就是两重人生，背后风光。“好色”的成分过了些，怕也是想着“枕头加拳头”能多争得些眼球吧。

NO3. 绝色诱惑

写书者卖瓜：人间即将遭遇逆天灭世劫，道、释、佛三界各派门人下山以阻天劫。与此同时，麒麟公司却把总部建在了七绝死地沙涌中，暴力之下确是连环血案失踪发生。是纵容天劫发生？还是无知？还是另有玄机？这一切都将由修道型男晋七一一解开。而纯阴少女是谁？命中注定之人是谁？这两人与晋七在现代都市，身为白领，面临三角恋情、商场交锋的同时，还将面对一场除魔、拯救苍生的大役。

观书者评：虽称“绝色诱惑”，但文中绝无拿美女拳头充数的弊习。晋七修道，干净、阳光，还有小说男主中难得的专情，颇有点独树一帜。故事背景设在深圳，白领生活描写得很真切，而那些故事，不由地会让你想起流传在校园、办公楼，旧公寓和街边小公园里的都市妖怪谈，很亲切，也很有点似真如幻的意思。

图书在版编目(CIP)数据

时光计/曹昇等著. —北京:新世界出版社,2009.2
(流行阅/夏烈主编)
ISBN 978-7-5104-0110-7

Ⅰ. 时… Ⅱ. 曹… Ⅲ. ①中篇小说-作品集-中国-当代②短篇小说-作品集-中国-当代 Ⅳ. I247.7

中国版本图书馆 CIP 数据核字(2009)第 012865 号

时 光 计

策　　划:上海九久读书人
作　　者:曹昇等
责任编辑:陈黎明　雷燕青
出版发行:新世界出版社
社　　址:北京市西城区百万庄路 24 号(100037)
总编室电话:(010)68995424　(010)68326679(传真)
发行部电话:(010)68995968　(010)68998705(传真)
本社中文网址:www.nwp.com.cn
本社英文网址:www.newworld-press.com
本社电子信箱:nwpcn@public.bta.cn
版权部电子信箱:frank@nwp.com.cn
版权部电话:+86(10)68996306
印　　刷:杭州钱江彩色印务有限公司
经　　销:新华书店
开　　本:720×1000　1/16
字　　数:170 千　印张:9
版　　次:2009 年 2 月第 1 版　2009 年 2 月北京第 1 次印刷
书　　号:ISBN 978-7-5104-0110-7
定　　价:20.00 元